Herz ohne Grenzen

Roman in Einfacher Sprache
über Florence Nightingale

Spaß am Lesen Verlag
www.einfachebuecher.de

Dieses Buch gehört zu der Reihe: Starke Frauen

Autorin: Marion Döbert
Redaktion: Jürgen Genuneit

ISBN 978-3-948856-48-9

Marion Döbert

Herz ohne Grenzen

Roman in Einfacher Sprache

über Florence Nightingale

Schwierige Wörter oder Ausdrücke sind unterstrichen. Die Erklärungen stehen in der Wörter-Liste am Ende des Buches.

Inhalt

Raus!

„Florence! Wo steckst du denn? Florence!“
Ich höre meine Mutter nach mir rufen.
Sie will mich den Gästen vorstellen.
Sie will ihnen zeigen, wie nett und wie klug ich bin.
„Was für ein gut erzogenes Kind“,
sagen die Gäste dann immer.
„Das wird einmal eine hübsche junge Frau“,
sagen sie dann auch.
„Und dann auch noch eine gute Partie“,
flüstern einige.

Dabei denken sie an das Vermögen meiner Eltern.
An das Geld, an unsere Häuser.
Einige sagen: „Florence ist noch hübscher
als ihre Schwester Parthenope.“

Unsere Eltern nennen uns immer nur Flo und Parthe.
Das ist kürzer.
Aber wenn es ernst wird,
rufen sie uns mit vollem Namen.
Mir ist es egal, ob ich hübscher bin
als meine Schwester.
Mich interessieren auch schöne Kleider nicht.
Parthe liebt schöne Kleider.
Und sie mag es auch sehr,
wenn Gäste zu uns kommen.

Am liebsten hätte sie jeden Tag
einen Empfang bei uns.
So wie meine Mutter auch.
Gäste empfangen oder als Gast eingeladen werden,
das ist für Mutter und Parthe das größte Glück.
Für mich ist es jedes Mal furchtbar.
Ich habe immer Angst,
mich falsch zu verhalten.

Deshalb schleiche ich mich leise
die Treppe hinunter.
Hoffentlich hört meine Mutter mich nicht.
Ich laufe nach draußen.
Raus in unseren Garten.
So groß wie ein Park ist dieser Garten.
Ich verstecke mich hinter den Büschen.

„Florence!"
Ich höre meine Mutter noch immer rufen.
„Wo steckt denn dieses Kind nur?
Es ist immer dasselbe mit ihr."

Ich laufe durch den Rosen-Garten.
Dahinter ist der große Teich.
Dort können sie mich nicht
von den Fenstern aus sehen.
Mein Kleid bleibt an den Dornen hängen.
Der Stoff aus Seide reißt ein.

Ich stolpere.
Beinahe wäre ich hingefallen.
Aber ich laufe weiter.

Atemlos lasse ich mich auf eine Bank fallen.
Ich bekomme kaum noch Luft.
Trotzdem würde ich am liebsten weiter rennen.
Raus aus diesem Garten.
Raus aus diesem goldenen Käfig.

Der goldene Käfig

Erst als die Gäste gegangen sind,
gehe ich ins Haus zurück.
Der Begriff Haus passt nicht wirklich.
Denn wir wohnen auf einem Anwesen.
Mehrere hohe Gebäude sind
miteinander verbunden.
Wie ein Schloss aus dicken, großen Steinen
sieht das Ganze aus.
Und ein bisschen dunkel.

Das Anwesen ist umgeben von Bäumen und Parks.
Meine Mutter wollte unbedingt
dieses Anwesen haben.
Es heißt *Embley Park* und ist in Süd-England.
Es ist nicht weit weg von London.

Meine Mutter zieht es immer wieder
in die Großstadt.
Sie geht gerne ins Theater.
Sie besucht Ausstellungen in den Museen.
Und in der Nähe von London kann sie
leichter zu Empfängen einladen.

Wir haben noch einen anderen Wohn-Sitz: *Lea Hurst*.
Das Anwesen ist weiter weg, auf dem Lande.
Dort haben wir 15 Zimmer.

Aber meiner Mutter war das zu wenig.
Lea Hurst ist ihr auch zu weit weg von London.
Außerdem findet Mutter,
dass es in den Räumen zu kalt ist.
Deshalb hat Vater das Anwesen *Embley Park*
noch dazugekauft.

Wir pendeln zwischen den beiden Wohn-Sitzen
hin und her.
Meine Mutter, mein Vater,
meine ein Jahr ältere Schwester und ich.
Im Sommer wohnen wir auf *Lea Hurst*.
Im Winter ziehen wir nach *Embley Park* um.

Wenn wir mit der Kutsche
von einem Wohn-Sitz zum anderen fahren,
dann müssen immer alle mitkommen:
die ganzen Diener, die Zimmer-Mädchen,
die Köche, der Kutscher, der Stall-Bursche.
Einfach alle, die bei uns arbeiten.
Es ist jedes Mal wie eine Völker-Wanderung.

Mutter ist aber immer noch nicht zufrieden.
„Lass uns noch ein Haus in London kaufen",
bittet sie meinen Vater.
„In London sind die ganz großen Empfänge.
Da treffen sich die wichtigsten
und einflussreichsten Leute.

Und, wenn wir in London ein Haus haben,
dann können wir auch viel leichter
an den Tanz-Veranstaltungen teilnehmen.
Die rauschenden Feste sind doch alle in London."

Aber diesmal ist Vater nicht
mit einem weiteren Haus einverstanden.
Mutter bittet und bettelt:
„Es wäre viel leichter, in der Londoner Gesellschaft
passende Ehemänner zu finden.
Denk doch mal an die Zukunft von Flo und Parthe."

Vater weiß, dass er gegen Mutter nicht ankommt.
„Na, gut", sagt er.
„Aber ich kaufe kein drittes Haus.
Nur eine Wohnung."
Mutter lächelt.
Sie hat mal wieder gewonnen.

Seitdem pendeln wir zwischen
drei Wohn-Sitzen hin und her.
Am schönsten ist es aber,
wenn wir richtig verreisen,
in andere Länder, nach Europa.

Als meine Eltern geheiratet haben,
haben sie eine lange Hochzeitsreise
nach Italien gemacht.

Zwei Jahre lang haben meine Eltern dort die Städte
und die italienischen Kunstwerke bewundert.
Erst haben sie eine Zeit lang in Neapel gewohnt.
Dort ist Parthe zur Welt gekommen.

Sie war sehr schwach.
Beinahe hätte sie nicht überlebt.
Mutter sorgt sich seitdem immer um Parthe.
Manchmal sehr übertrieben, finde ich.
Ein Jahr später wurde ich dann
am 12. Mai 1820 in Florenz geboren.
Deshalb heiße ich auch Florence.

„Florence, wo bist du denn nur?
Die Gäste wollen sich von dir verabschieden."
Meine Mutter kommt in den Garten.
Sie weiß, dass ich mich verstecke.
Ich höre, wie sie vor sich hinsagt:
„Ich verstehe dieses Kind nicht.
Florence ist so ganz anders als Parthe.
Was soll nur aus dem Kind werden?"

Tagebuch

Ich will nicht in Seide ersticken,
schreibe ich in mein Tagebuch.
Jeden Tag schreibe ich darin auf,
worüber ich nachdenke,
worunter ich leide oder wovon ich träume.
Das Schreiben habe ich früher schnell gelernt.

Unseren Eltern ist sehr wichtig,
dass Parthe und ich viel lernen.
Wir sollen gebildet sein.
Wir sollen kluge, junge Frauen werden.

Als wir klein waren,
hat uns eine Haus-Lehrerin erzogen.
Eine Gouvernante.
Als Parthe 12 Jahre alt war und ich 11,
da hat Vater selbst unseren Unterricht übernommen.
Was hat er uns nicht alles beigebracht:
Latein, Griechisch, Deutsch, Französisch
Geschichte und Philosophie!

Und wozu das Ganze?,
schreibe ich wütend in mein Tagebuch.
Damit ich später auf Gesellschafts-Abenden
mit meinem Wissen glänzen kann?
Nur um einen guten Mann abzubekommen?

Was habe ich davon,
eine gebildete Ehefrau und Gastgeberin zu sein?
Wir Frauen sind wie nette Schmuck-Stücke.
Wir handarbeiten.
Oder wir spielen etwas auf dem Klavier vor.
Als Hausfrauen geben wir
dem Personal Anweisungen:
Tragen Sie bitte das Essen auf!
Räumen Sie bitte den Tisch ab!
Bereiten Sie bitte den Salon vor!

Bei Empfängen reden wir natürlich auch
mit den Gästen.
Aber dann möglichst nur über Kunst und Musik.
Und über andere schöne und heitere Dinge.
Und dafür muss ich so viel lernen?

Das alles schreibe ich in mein Tagebuch.
Mutter soll nicht darin lesen.
Sie würde nur wieder denken,
dass ich so ganz anders bin als ihre geliebte Parthe.

Ich beobachte alles ganz genau,
um die Welt zu verstehen.
Ich schreibe alles auf, was ich beobachte.
Ich liebe auch Bücher. Wie mein Vater.
Am liebsten würde ich mich
in unserer Bibliothek verkriechen.

Ich denke gerne nach.
Das ist, als wäre ich in einer ganz anderen Welt.

Parthe dagegen zeichnet und handarbeitet gerne.
Sie mag auch die großen Empfänge.
Sie will bewundert werden.
Und sie ist mit allem zufrieden,
was die Zukunft bringen wird.
Die Zukunft für uns Frauen steht sowieso fest.
Es gibt nur zwei Wege:
Hausfrau und Mutter zu werden, das ist der eine.
Gouvernante zu werden, das ist der andere.
Denn Frauen aus unserer Schicht
dürfen höchstens als Gouvernante arbeiten.
Falls man keinen Mann abbekommen hat.
Alleinstehende Frauen werden Gouvernanten,
oder sie gehen in ein Kloster.

Arbeiten ist nur was für die kleinen Leute:
für die Bauern und Arbeiter,
für die Leute, die weit unter uns stehen.
Wir Frauen aus gutem Hause dürfen nicht arbeiten.
Man würde auf uns herabsehen, uns verachten.

Ich schreibe in mein Tagebuch:
Lieber will ich sterben,
als ein sinnloses Leben zu führen!

Das Kindermädchen

„Unser Kindermädchen kann nicht lesen“,
sage ich zu Parthe.
Sie zuckt mit den Schultern.
„Na und“, sagt sie. „Ist doch ganz normal.
Die armen Leute haben eben kein Geld
und keine Zeit.
Also haben sie auch keine Bücher.
Und weil sie arbeiten müssen,
haben sie keine Zeit zum Lesen.“

„Aber das ist doch nicht gerecht“, antworte ich.
„Wir haben alles:
Geld, Bücher, eine gute Bildung.
Unsere Eltern tun alles dafür,
dass wir Sprachen lernen,
dass wir die Welt-Geschichte begreifen,
dass wir Kunst und Musik verstehen.
Und das alles haben wir nur,
weil wir zu den wohlhabenden Familien gehören.“

„Willst du lieber arm sein?“, fragt Parthe.
„Nein, natürlich nicht“, sage ich.
„Aber ich finde, wir müssen uns um die kümmern,
denen es nicht so gut geht wie uns.
Willst du mir dabei helfen, Parthe?“
„Wobei?“, fragt sie.

„Na“, sage ich, „dabei, dem Kindermädchen das Lesen und Schreiben beizubringen.“
Parthe gähnt.
„Ja, ja. Machen wir.“

Doch schon nach der ersten Stunde verliert Parthe die Lust am Unterrichten.
Mich macht der Unterricht glücklich.
Und erst recht das Kindermädchen.

Eines Abends schreibe ich in mein Tagebuch:
Wie schön es ist, etwas zu können.
Aber noch schöner ist es,
anderen damit helfen zu können.

Gespräch mit dem Vater

Eines Tages gehe ich zu meinem Vater.
Er sitzt in seiner Bibliothek und liest.
„Darf ich mit dir sprechen, Vater?“
„Ja, natürlich mein Kind.
Komm her und setz dich zu mir.“
Aber ich bleibe stehen.
Ich weiß, dass es kein gemütliches Gespräch wird.

Plötzlich bricht alles aus mir heraus:
„Ich will später nicht so leben wie andere Frauen.
Ihr Leben ist langweilig und ohne Sinn.
Ich will nicht verheiratet werden.
Ich will auch keine perfekte Ehefrau und Mutter sein.
Ich will studieren, Vater.
Aber wir Mädchen dürfen das nicht.
Das macht mich traurig und wütend!“

Vater legt sein Buch weg.
Er ist sehr verärgert:
„Was redest du denn da, Florence?
Wie kannst du nur so undankbar sein?
Wir Eltern tun alles für dich.
Wir ermöglichen dir eine hervorragende Bildung.
Du hast allerbeste Lebens-Umstände.
Und du bist mit all dem nicht zufrieden?
Nimm dir ein Beispiel an deiner Schwester.

Parthe hat nicht solche dummen Gedanken
im Kopf wie du."

„Aber wofür lerne ich denn, Vater?
Nur, um mit meinem Wissen zu glänzen?
Nur, um unsere Gäste zu beeindrucken?
Und wenn ich älter bin,
muss ich heiraten und einen Haushalt führen.
Dann bekomme ich noch Kinder.
Und das war dann mein Leben?
Nein, Vater!
Wenn ich schon nicht studieren darf,
dann will ich wenigstens einen Beruf erlernen."

Mein Vater steht auf.
Er sieht mich entsetzt an.
„Du willst arbeiten, Florence?
Als Frau aus der Oberschicht willst du arbeiten?
Du weißt: Das ist vollkommen unmöglich!
Alle würden dich auslachen.
Du würdest zum Gespött der anderen werden.
Du würdest dem Ruf
unserer ganzen Familie schaden.
Nein, Florence, schlag dir das alles aus dem Kopf!
Ich will nichts mehr davon hören!"

Mein Vater nimmt sein Buch wieder in die Hand.
Aber vor lauter Ärger kann er nicht mehr lesen.

Ich ziehe leise die Tür hinter mir zu.
Jetzt ist es mir noch klarer geworden:
In dieser Familie wird mir keiner helfen.
Keiner von ihnen versteht mich.

Deshalb muss ich unbedingt herausbekommen,
was mir die Stimme sagen wollte.
Die Stimme, die vor ein paar Tagen
zu mir gesprochen hat.
Nach dem Gespräch mit der Köchin.

Verbotene Worte

Mutter hat Parthe und mir verboten,
mit den Dienstboten zu sprechen.
„Es gehört sich nicht, mit Menschen
aus der Unterschicht Gespräche zu führen."
Aber mich interessieren sie trotzdem.
Mich interessiert alles:
wie sie arbeiten,
wie sie reden,
wie sie leben.
Mich interessiert,
wie unser großer Haushalt funktioniert.

Alles muss ganz genau geplant sein.
Nur dann klappen die komplizierten Abläufe.
Ich beobachte und notiere die Arbeitsvorgänge:
Das Liefern und Sichern der Lebensmittel.
Das Herrichten der Räume.
Das Waschen und Falten der Wäsche.
Das Heizen der Öfen.
Das Füttern der Pferde.
Dabei unterhalte ich mich mit den Dienstboten.

Eines Tages sitze ich bei unserer Köchin in der Küche.
„Wir sind gestern mit der Kutsche
nach London gefahren", sage ich.
„Ach je", sagt die Köchin.

„Dann mussten Sie ja wieder
durch die Viertel der Armen fahren."
Ich nicke.
„Überall sitzen Bettler in Lumpen herum.
Menschen schlafen auf der Straße.
Kranke werden nicht versorgt.
Und die Kinder spielen in der dreckigen Gosse."
„Ja, ich weiß", sagt die Köchin.
„Es ist sehr schlimm da."

„Mutter kann gar nicht erst hinsehen",
erzähle ich weiter.
„Und Parthe schnuppert immer
an ihrer Riech-Flasche, damit sie den Gestank
von dem Müll nicht mitbekommt.
Aber ich, ich muss da hinsehen.
Weißt du, was ich am liebsten tun würde?"
„Erzählen Sie es mir, Miss", antwortet die Köchin.
Dabei stellt sie mir ein Stück
frisch gebackenen Kuchen vor die Nase.
Ich beiße herzhaft hinein und sage:
„Die Armen und Kranken versorgen.
Es gibt doch auch Kranken-Wärterinnen, oder?"

Der Köchin fällt der Löffel aus der Hand.
„Miss, so etwas dürfen Sie auf keinen Fall machen!
Sprechen Sie nur nicht über so etwas!
Und vor allem nicht vor Ihren Eltern.

Ihre Mutter würde in Ohnmacht fallen.
Ihr Vater würde sehr böse werden.
Und Ihre Schwester würde auch
in Ohnmacht fallen.
Oder vielleicht sogar auf der Stelle sterben."

Mir bleibt der Kuchen fast im Halse stecken.
„Aber warum?", frage ich.
„Ich will doch nur anderen Menschen helfen."

Die Köchin wischt sich die Hände an der Schürze ab.
Sie setzt sich an den Tisch.
Eigentlich darf sie sich nicht zu mir setzen.
Aber eigentlich darf ich ja auch nicht hier sein.
Die Köchin sieht sehr ernst aus.
„Miss", sagt sie.
„Sie wissen nichts von dem Leben da draußen.
Aber dies hier sollten Sie wissen, auch,
wenn ich nicht darüber sprechen darf:
Frauen, die Kranke pflegen,
haben einen sehr schlechten Ruf.
Die meisten von ihnen verdienen ihr Geld
auf der Straße."
„Was heißt das?", frage ich.
Die Köchin zögert mit ihrer Antwort.
„Die Frauen verkaufen ihren Körper an Männer.
Sie tun so, als würden sie die Männer lieben.
Und die Männer geben ihnen Geld dafür."

Ich sehe die Köchin mit großen Augen an.
„Aber was hat das mit der Pflege von Kranken zu tun?“
„Miss, das sind sehr arme Frauen.
Das Geld reicht vorne und hinten nicht.
Die Frauen müssen oft ihre Familie ernähren.
Ihre Männer sind arbeitslos.
Oder die Frauen haben gar keinen Mann.
Wenn ein Kind kommt,
werden die Frauen nicht selten verlassen.
Also müssen die Frauen nebenbei
noch Geld verdienen.
Deshalb pflegen sie zusätzlich Kranke.
Und alle denken:
Die machen mit den Kranken dasselbe
wie mit den Männern von der Straße.“

Ich sehe auf den Tisch und schweige.
„Dann gibt es noch die Frauen, die trinken“,
sagt die Köchin.
„Trinken muss doch jeder“, sage ich.

„Miss, Trinken heißt nicht Tee oder Wasser trinken.
Trinken heißt bei diesen Frauen:
Schnaps und Bier und Wein trinken.
Und sie können damit nicht aufhören.
Sie saufen.
Sorry, Miss, aber so heißt das nun mal.
Saufen kostet sehr viel Geld.

Deshalb pflegen sie Kranke.
Manchmal werden sie dafür mit Schnaps bezahlt.
In Wirklichkeit können sie aber gar nicht pflegen.
Denn sie haben ja nichts gelernt.
In den Kranken-Anstalten sieht es
auch nicht besser aus.
Da sind dieselben armen Gestalten.
Sie arbeiten als Kranken-Wärterinnen.
Aber sie bewachen die Kranken nur,
wie in einem Gefängnis.
Mehr können sie auch gar nicht.
Die Kranken-Anstalten sind schmutzig.
Überall sind Ratten.
Und die Kranken liegen in ihrem eigenen Dreck.
Also, Miss, ich will nie
in eine Kranken-Anstalt gebracht werden!“

Die Stimme

Seit dem Gespräch mit der Köchin weiß ich,
warum Mutter uns das Reden
mit den Angestellten verboten hat.
Und seit dem Gespräch bin ich
noch ratloser als bisher.
Ich weiß so wenig von der Wirklichkeit.
Ich bin so weit weg von allem.
Hier in meinem goldenen Käfig.
Ich werde nie etwas Sinnvolles tun dürfen.
Hier erwartet mich nur
ein langweiliges, leeres Leben.
Ich werde sterben vor Kummer.

Am Abend sitze ich alleine in meinem Zimmer.
Ich träume vor mich hin.
Da höre ich sie: eine Stimme.
Ich höre sie ganz klar und deutlich.
„Du sollst deine Aufgabe
in meinem Dienst erfüllen!“

Ich sehe mich um.
Wer spricht da zu mir?
Ich suche, aber es ist niemand im Raum.
„Welche Aufgabe?“, frage ich flüsternd.
„Welche Aufgabe?“, frage ich flehend.
Doch die Stimme schweigt.

Jetzt bin ich mir sicher:
Gott hat zu mir gesprochen.
Ich bin mir ganz sicher:
Gott hat mir eine Aufgabe gegeben.
Aber welche?
Das hat er nicht gesagt.

In den nächsten Wochen ziehe ich mich
immer mehr zurück.
Ich gehe nicht zu den Mahlzeiten nach unten.
Ich bleibe auf meinem Zimmer.
Ich habe keinen Hunger.
Ich habe keinen Durst.

An den Empfängen bei uns
nehme ich nicht mehr teil.
Ich gehe nicht mehr in den Park.
Ich lese nicht mehr.
Ich schreibe nicht mehr.
Ich bin krank. Einsam und krank.

Ich bin krank in dem Gefängnis meiner Fragen.
Was, nur was ist meine Aufgabe?
Aber selbst, wenn ich es wüsste,
wie soll ich sie lösen?
Hier aus diesem goldenen Käfig heraus.

Überraschung

Eines Tages versammelt Vater unsere Familie
um sich herum.
„Ich habe eine Überraschung für euch."
Mutter, Parthe und ich sehen ihn neugierig an.
Vater lächelt und sagt:
„Wir werden eine lange Reise machen.
Und dafür lasse ich uns eine Kutsche bauen."

„Wohin fahren wir?", fragt Parthe aufgeregt.
„Wie lange bleiben wir unterwegs?",
frage ich noch aufgeregter.
Mutter klatscht in die Hände.
„Ruhig! Ruhig!", ermahnt sie uns.
„Ihr seid ja schlimmer als tanzende Flöhe."
Dabei ist sie selber auch ganz aufgeregt.

Vater legt eine große Landkarte auf den Tisch.
„Zuerst geht es auf ein Schiff.
Wir müssen ja mit der Kutsche
über den Ärmel-Kanal.
Auf der anderen Seite des Kanals starten wir dann
in Frankreich. In der Hafenstadt Le Havre.
Von da aus geht es durch ganz Frankreich,
durch Italien und durch die Schweiz."
Mutter sagt fast andächtig:
„Endlich wieder eine Europa-Reise."

„Eine Reise durch Europa!“, jubeln Parthe und ich.
Wir tanzen durch das Zimmer.
Wir freuen uns wie kleine Kinder.
Endlich kann auch ich mich wieder freuen.
Ein ganzes und ein halbes Jahr lang soll
unsere Reise dauern.

Mutter und Parthe freuen sich schon jetzt
auf die vielen Empfänge,
auf die Tanz-Bälle,
auf rauschende Feste,
auf Opern und Museen.
Ich freue mich, hinaus in die Welt zu kommen.
Vielleicht bekomme ich dort endlich
Antworten auf meine Fragen.

17 Jahre bin ich alt,
und immer noch kämpfe ich mit mir selbst.
Was nur ist der Sinn meines Lebens?
Welche Aufgaben warten auf mich?
Es muss doch irgendetwas in der Welt geben,
das auf mich wartet.
Irgendetwas, das ich erfüllen soll.
Irgendetwas, das auch mich selbst erfüllt.
Ich werde krank von all diesen Fragen.
Vater hat das schon längst bemerkt.
Er weiß, dass ich leide.
Auch deshalb plant er diese Reise.

Wochenlang überlegen wir,
was wir alles einpacken müssen.
„Denkt an eure schönsten Kleider“, sagt Mutter.
„Und an euren Schmuck und die Tanz-Schuhe.
Wir werden zu vielen Einladungen gehen,
auf viele Empfänge und auf prächtige Bälle.“

Parthe probiert ein Kleid nach dem anderen aus.
Sie kann sich nicht entscheiden.
„Welche Haar-Bänder soll ich nur mitnehmen?
Und welche Pelze? Und welche Ohrringe?
Hörst du mir überhaupt zu, Flo?“

Meine wichtigsten Reise-Begleiter liegen schon
auf dem Koffer:
mein Tagebuch und mein Brief-Papier.
Die anderen Sachen sind mir nicht so wichtig.

Auf Reisen

Drei Monate reisen wir nun schon
durch das schöne Frankreich.
Was für herrliche Städte!
Was für riesige Kathedralen!

Je weiter wir nach Süden kommen,
desto heller und wärmer scheint die Sonne.
Vor uns glitzert das Mittelmeer.
Wir sind in Nizza.
Seit langer Zeit wird es mir endlich warm ums Herz.

Am Tage sehen wir uns die Stadt an.
Oder wir spazieren unter Palmen am Meer entlang.
Die Menschen hier lachen viel mehr als bei uns.
Sie sind offen und fröhlich.
Abends kann ich jetzt sogar
die Tanz-Bälle genießen.
Erst bin ich noch zurückhaltend.
Aber nach und nach stürze ich mich
mit Parthe in das Vergnügen.

Männer umschwärmen uns.
Mich sogar noch mehr als Parthe.
Ich fühle mich schön und begehrenswert.
Zum ersten Mal in meinem Leben
kann ich das genießen.

So wild und glücklich habe ich noch nie getanzt.
Die Augen meiner Eltern leuchten.

Von Nizza aus geht es weiter nach Italien.
Über Genua geht es weiter nach Florenz.
Hier bin ich zur Welt gekommen.

Wir besuchen Ausstellungen und Konzerte.
Am liebsten würde ich jeden Tag in die Oper gehen.
Ich liebe die Musik.
Ich liebe den Tanz.
Und auch die Empfänge genieße ich immer mehr.
Wir treffen kluge und interessante Menschen:
Wissenschaftler, Schriftsteller, Künstler,
wichtige Menschen aus Politik und Gesellschaft.
Wichtige Themen werden diskutiert.
Man spricht über alles, was in der Welt passiert.
Auch über die Armut.
Zum ersten Mal erfahre ich,
dass es Freiheits-Bewegungen gibt:
Menschen setzen sich
für bessere Arbeits-Bedingungen ein.
Sie kämpfen gegen Ausbeutung und Armut.
Ich bewundere Menschen,
die sich für andere einsetzen.

Rückfahrt

Auf der Rückfahrt nach England
machen wir Station in Paris.
Was für eine Welt-Stadt!
Was für elegante Frauen!

Am meisten beeindruckt mich eine besondere Frau:
Mary Clarke.
Alle nennen sie nur Clarkey.
Sie lebt mitten in Paris.
Und sie ist der Mittelpunkt von Paris.
Denn alle kommen zu ihren Empfängen.
Alle wichtigen Persönlichkeiten
treffen sich bei Clarkey.

„Wie sieht die denn aus?", flüstert Parthe
und dreht ihren Kopf in Richtung Clarkey.
Clarkey sieht wirklich nicht aus
wie eine feine Dame.
Feine Damen binden ihre Haare streng nach hinten.
Bei Clarkey fallen die Haare einfach ins Gesicht.
Ihr Gesicht ist ganz rot.
Denn Clarkey tobt am liebsten mit Kindern herum.
Ihre Kleidung ist sehr ungewöhnlich.
Sie zieht einfach an, wozu sie Lust hat.
Ihr ist vollkommen egal,
was andere von ihr denken.

Sie tobt und spielt und lacht, wie ein wildes Kind.
Und zugleich ist sie eine der klügsten Frauen
von Paris.

Sie schimpft über junge Damen,
die ihr Gehirn nicht gebrauchen.
Sie spricht mir damit aus der Seele.
Clarkey ist der erste Mensch,
der mir deutlich macht:
Frauen müssen sich nicht
hinter Männern verstecken.
Frauen stehen Männern in nichts nach.

Mit diesem Freiheits-Gefühl geht es zurück
nach England.
Unsere Reise ist an ihr Ende gekommen.

Gefährliche Zahlen

Nach unserer Rückkehr aus Europa
falle ich in ein tiefes Loch.
Wieder einmal sitze ich hier
in diesem goldenen Käfig.
Nach den vielen Begegnungen auf der Reise,
nach den Gesprächen,
nach den zahlreichen Eindrücken
fühle ich mich hier wieder nutzlos.

Ich bin müde und ohne Freude.
Und ich fühle mich schuldig.
Denn auf der ganzen Reise habe ich nicht mehr
an die Stimme gedacht.
Ich habe mich einfach nur vergnügt.
Ich habe getanzt und gelacht.
Ich habe die Bewunderung der Männer genossen.
Ich habe nicht ein einziges Mal
an meine Aufgabe gedacht.
Ich habe die Stimme Gottes
auf der Reise einfach vergessen.
Deshalb quälen mich heftige Schuld-Gefühle.

Ich bin 19 Jahre alt.
Und noch immer mache ich nichts Wichtiges.
Ich habe kein Ziel.
Mein Alltag ist eintönig und leer.

Aus Langeweile hole ich mir eines Tages
Bücher aus Vaters Bibliothek.
Es sind Mathematik-Bücher:
Bücher über Zahlen und Rechnen,
über Messen und Vergleichen,
über Größen und Gewichte,
über Raum und Flächen.
Mit Mathematik kann man wirklich
alles berechnen.
Ich zähle und messe und notiere alles
sorgfältig in meinen Heften.
Aber eines Tages gibt es
einen großen Krach deswegen.

Mutter ruft mich zu sich.
An ihrer Stimme höre ich,
dass sie sehr wütend sein muss.
Ich gehe hinunter in das Wohnzimmer.
Vater sitzt auf einem Stuhl.
Mutter geht im Zimmer auf und ab.

„Glaubst du, wir hätten es nicht gemerkt,
Florence?", fragt Mutter vorwurfsvoll.
„Ich verstehe nicht", sage ich leise.
„Du verstehst nicht?", fragt Mutter.
„Du befasst dich mit Mathematik!"
Das Wort spricht sie aus, als würde sie
über eine ansteckende Krankheit sprechen.

„Gib zu, dass du es tust, Florence!"
Ich sehe auf den Fußboden und nicke.

Mein Vater mag keinen Streit in der Familie.
Und eigentlich steht er fast immer auf meiner Seite.
Aber jetzt sieht auch er mich besorgt an.
„Du weißt doch, Florence", sagt er.
„Mathematik ist nichts für Frauen.
Die Welt der Zahlen macht sie zu ernst."

„Und unweiblich", ruft meine Mutter dazwischen.
„Ich verbiete dir ab sofort,
weiter in diese Bücher zu schauen.
Kein Mann will eine Frau heiraten,
die sich mit Mathematik beschäftigt."

„Ich wollte doch nur etwas Sinnvolles tun",
wage ich zu sagen.
„Widersprich mir nicht!", sagt Mutter.
„Nimm dir ein Beispiel an deiner Schwester!
Parthe handarbeitet und zeichnet.
Das schickt sich für eine junge Dame
und zukünftige Ehefrau.
Geh jetzt in dein Zimmer!"
Vater sieht mich traurig an.

Gut, dass ich den Eltern nichts
von meinem Cousin erzählt habe.

Er musste eine Aufnahme-Prüfung
für das Militär machen.
Aber er kam mit den Aufgaben in Mathematik
nicht zurecht.
Da habe ich ihm heimlich geholfen.

Auf Knien hat mich mein Cousin angefleht:
„Bitte erzähle es niemandem, Flo.
Es wäre eine Schande für mich,
dass mir eine Frau in Mathematik geholfen hat.
Versprich mir, dass du darüber schweigst."

Ich habe es ihm natürlich versprochen.
Die Prüfung hat mein Cousin bestanden.

Die Not der anderen

Zu Hause streiten wir uns immer mehr.
Ich kann meiner Mutter nichts recht machen.
Meine Schwester nörgelt ständig an mir herum.
Oder sie wird krank wegen mir.
Damit will sie mir Schuld-Gefühle machen.
Wenn ich nicht so bin wie sie,
dann wird sie eben krank.
Sie weiß, dass ich darunter leide.

Meine Mutter sucht nach Ehemännern
für Parthe und mich.
Männer mit Geld und Einfluss sollen das sein.
Aber ich will davon nichts wissen.
Mutter und Parthe können das nicht verstehen.
Und sie verstehen auch nicht, dass ich mir
Gedanken um die Menschen um uns herum mache.
Die Menschen da draußen haben
ganz andere Sorgen als wir.

Die Bauern haben schlechte Ernten.
Die Weber verlieren ihre Arbeit,
weil es immer mehr Fabriken gibt.
In den Fabriken werden die Arbeiter
schlecht bezahlt.
Die Armut wächst und wächst.
Die Kinder haben nichts zu essen.

Die Familien wissen nicht,
wie sie überleben sollen.

Heimlich schleiche ich mich aus dem Haus.
Ich bringe Essen und warme Decken
zu denen da draußen.
Zu den Menschen, die im Elend leben.
Ich gehe in die armseligen Hütten.
Ich bringe Brot und Gemüse, Kleidung und Medizin.
Ich gehe zu denen,
die so viel Not ertragen müssen.
Ich spreche mit ihnen, um sie zu trösten.
Auch Worte können wärmen.

Auch Mutter und ihre reichen Bekannten
sehen die Armut.
Sie ist auch gar nicht mehr zu übersehen.
Sie sammeln Geld, um zu helfen.
Aber nie würden sie den Armen die Hand reichen.

Mutter und Parthe haben mich dabei erwischt,
dass ich in die Elends-Viertel gehe.
Sie machen mir heftige Vorwürfe.
„Warum gehst du nur in diese dreckigen Hütten?“,
fragt Parthe.
Und Mutter sagt:
„Du wirst uns noch Krankheiten hier ins Haus
einschleppen.“

Ich fürchte mich nicht vor Krankheiten.
Es gibt Ursachen dafür.
Die muss man erforschen.
Die muss man verändern.
Die armen Leute haben kein sauberes Wasser
zum Trinken.
Abwasser und Dreck fließen durch die Straßen.
Überall liegen Abfälle.
Und die Menschen haben kein Geld für einen Arzt.

Zu Hause kann ich nicht darüber sprechen.
Mutter und Parthe halten mich bestimmt
für verrückt.
Ich leide sehr darunter, dass wir streiten.
Ich will Frieden mit meiner Schwester
und mit Mutter.
Aber wir sind zu verschieden.

Das Ehepaar von Bunsen

Zu Hause versteht mich niemand.
Niemand hört mir richtig zu.
Aber eines Abends, da ist es plötzlich ganz anders.

Wir haben mal wieder Besuch:
einflussreiche Gäste, wichtige Persönlichkeiten,
Menschen aus Wissenschaft und Politik.
Unter ihnen ist auch das Ehepaar von Bunsen.

Herr von Bunsen ist ein sehr angesehener Diplomat.
Er arbeitet sogar als Berater für den Papst.
Und er vermittelt in der Politik
zwischen Preußen und England.
Außerdem ist er sehr klug und weit gereist.
Er weiß alles über die Geschichte Ägyptens.
Immer wieder hat er das Land bereist.
Herr von Bunsen weiß Antworten
auf die großen Fragen der Welt.

An diesem Abend setze ich mich zu dem Ehepaar.
Mutter und Parthe sehen vorwurfsvoll zu mir herüber.
Denn eigentlich soll ich etwas
auf dem Klavier vorspielen.
Eine leichte, heitere Musik.
Aber ich muss unbedingt
mit Herrn von Bunsen sprechen.

Man sagt über ihn, dass er Geld sammelt.
Er will damit ein Krankenhaus in London
bauen lassen.

Vater und ich hören begeistert zu,
als das Ehepaar von seinen Reisen erzählt.
Als Vater uns einen Augenblick alleine lässt,
muss ich unbedingt meine Frage loswerden.

„Herr von Bunsen, bitte sagen Sie mir:
Was kann ein einzelner Mensch wie ich
gegen Armut und Krankheit tun?"
Er sieht mich überrascht an.
Aber er muss nicht lange überlegen.
„Sie können eine Menge dagegen tun", sagt er.
„Es gibt ein wunderbares Beispiel dafür.
Ein hervorragendes Modell."

„Bitte erzählen Sie mir von diesem Modell,
Herr von Bunsen."
„Kaiserswerth!", sagt er mit strahlenden Augen.
„Sie müssen nach Kaiserswerth fahren, Florence.
Sie müssen unbedingt einmal diesen Ort besuchen.
Kaiserswerth ist in der Nähe von Düsseldorf,
direkt am Rhein.
Dort haben Pastor Fliedner und seine Frau
ein Krankenhaus aufgebaut.
Ein ganz außergewöhnliches Krankenhaus.

Und dazu noch andere Einrichtungen.
Häuser, in denen armen Menschen geholfen wird.
Dort, in Kaiserswerth, arbeiten Diakonissen."

„Was ist das?", frage ich gespannt.
„Diakonissen sind Frauen, die ihr Leben
in den Dienst anderer Menschen stellen.
Sie wollen sich voll und ganz
für Hilflose und Kranke einsetzen.
Sie wollen kein Geld und keine Güter
für sich selber haben.
Und sie binden sich nicht an einen Mann.
So können sie sich ganz
auf ihre Aufgabe konzentrieren.
Ihre Lebens-Aufgabe ist es, für andere da zu sein.
Bei den Fliedners in Kaiserswerth ist alles
vorbildlich organisiert.
Unsere Tochter geht auch bald dorthin.
Sie will sich dort ausbilden lassen."

„Ihre Tochter?", frage ich überrascht.
„Sie lassen Ihre Tochter nach Kaiserswerth gehen?
Sie erlauben ihr, Kranken-Wärterin zu werden?
Das ist doch eine schlecht angesehene Arbeit.
Und Ihre Tochter ist doch aus gutem Hause."

„Ja, Florence.
In England ist die Kranken-Pflege schlecht.

Es gibt keine ordentliche Ausbildung.
Es gibt keine klaren Regeln und Abläufe.
Eigentlich ist nichts organisiert.
Die Anstalten sind runtergekommen und schmutzig.
Jeder, der nichts taugt,
kann Kranken-Wärter werden.
Alleine schon dieser Begriff: Wärter.
In England werden die Kranken im Grunde
nur bewacht.
Niemand pflegt mit Wissen und mit Hingabe.
Es gibt sogar Berichte über Diebstahl
und Misshandlungen an den Kranken.
Kranken-Anstalten in England
sind ein einziger Sumpf.

Aber in Kaiserswerth ist das alles ganz anders.
Dort ist alles perfekt organisiert.
Die Diakonissen sind gut ausgebildet.
Die Ansprüche an die Pflege sind sehr hoch.
Und für die Frauen ist es eine Erfüllung,
etwas so Sinnvolles in ihrem Leben
tun zu können.
Wir freuen uns,
wenn unsere Tochter darin ihr Lebens-Glück findet.
Sie wird in Kaiserswerth wertvolle Dinge lernen
und einen angesehenen Beruf erlernen.
Es gibt im Leben schließlich noch etwas anderes,
als nur zu heiraten."

Frau von Bunsen nickt zustimmend.
Ja, auch sie freut sich
über diese Zukunft für ihre Tochter.

Den ganzen Abend über schwirrt Kaiserswerth
in meinem Kopf herum.
Die Gedanken daran lassen mich
einfach nicht mehr los.
Vielleicht ist das meine Aufgabe?
Vielleicht ist es das,
was mir die Stimme sagen wollte?
Ja, ich sollte Kranken-Pflege studieren!

Krank

Meine Eltern werden es mir nie erlauben.
Nie im Leben werden sie mich
nach Kaiserswerth reisen lassen.

Am Abend sitzen wir zusammen am Tisch:
Mutter, Vater, Parthe und ich.
Beim Essen sage ich auf einmal:
„Ich will in einem Krankenhaus helfen,
in der Nähe von London."

Meine Mutter fängt an zu zittern.
Mein Vater starrt auf seinen Teller.
Parthe sagt aufgeregt:
„Jetzt willst du uns wohl auch noch sagen,
dass du Kranken-Pflegerin werden willst?"

Ich zögere einen Moment.
Dann sage ich:
„Ja, genau das. Genau das will ich werden.
Ich will Kranken-Pflege studieren
und dann arbeiten."

Parthe schreit: „Du bist doch nicht normal!"
Mutter steht auf.
Sie schwankt.
Sie ist kurz vor einer Ohnmacht.

Dann setzt sie sich wieder auf ihren Stuhl.
Sie sieht mich böse an.
„Wie kannst du uns das nur antun, Florence?
Du hast Verehrer.
Männer liegen dir zu Füßen.
Der wohlhabende Richard Milnes hat dir sogar
einen Heirats-Antrag gemacht.
Du könntest schon längst verheiratet sein.
Aber du, du entscheidest dich nicht.
Du hast nur deine Tag-Träume im Kopf.
Deine wirren, verrückten Ideen."

Parthe bekommt fast keine Luft mehr.
„Du machst unsere ganze Familie kaputt, Florence.
Ich halte das nicht mehr aus."

Sie drückt ihre Hand gegen ihre Brust und schreit:
„Mein Herz, mein Herz!"
Heulend rennt sie aus dem Zimmer.
Mutter läuft besorgt hinterher.

Vater sieht mich ernst an.
Er hat mich so lieb.
Aber das hier, das ist auch für ihn zu viel.
„Geh auf dein Zimmer, Flo!
Denke nach über dein Leben.
Und mache Mutter und Parthe
das Herz nicht so schwer."

Auf der Treppe nach oben
fühle ich mich plötzlich sehr schwach.
Ich habe keine Kraft mehr.
Ich schleppe mich nach oben.
Ich krieche auf mein Bett.
Mir ist einmal heiß und dann wieder eiskalt.
Meine Zähne klappern.
Ich kann nichts dagegen tun.
Meine Stirn wird immer heißer.
Meine Hände und Füße sind kalt wie Steine.
Ich habe Fieber.
Das Fieber nimmt alles mit sich.
Meine ganze Lebens-Kraft.
Meinen Lebens-Willen.
Es gibt keinen Ausweg.
Mein Weg ist zu Ende.

Selina und Charles

„Florence ist sehr krank“,
sagt der Arzt zu meinem Vater.
„Ihre Lunge ist zu schwach.
Ihre Atmung auch.
Ich mache mir Sorgen um ihre Atmung.
Wenn man nichts unternimmt,
könnte sie sterben.“

Vater sieht zu Mutter und Parthe.
Beide halten sich an den Händen.
Sie schweigen.
„Was kann man tun?“, fragt Vater den Arzt.

„Wenn es Tuberkulose ist …“
Mutter und Parthe zucken zusammen.
Mein Vater fleht den Arzt an, weiter zu reden.
„Wenn es Tuberkulose ist, braucht Florence Wärme.
Eine Luft-Veränderung würde ihr sicher gut tun.“

Eines Tages kommen Selina und Charles
zu uns zum Essen.
Selina und Charles sind alte Bekannte
von Mutter und Vater.
Sie planen in diesem Jahr
eine längere Reise nach Rom.
Beim Essen erzählen sie davon.

Plötzlich sagt Selina:
„Wir könnten Florence doch mit dorthin nehmen.
In Rom ist es schön warm.
Und eine Klima-Veränderung könnte ihr guttun."

Vater, Mutter und Parthe sehen sich an.
Ich warte. Und ich hoffe.
„Einverstanden", sagt mein Vater.
Meine Mutter nickt.
Parthe überlegt, ob sie jetzt gerade einmal
wieder krank werden müsste.
Aber dann ist selbst sie einverstanden.

Alle hoffen, dass ich in Rom
meine verrückten Ideen aufgebe.
Mutter hat nicht leise genug geflüstert.
Ich habe genau gehört,
was sie zu Parthe gesagt hat:
„Flo will nach der Reise bestimmt endlich heiraten."

Rom

In Rom blühe ich sofort auf.
Endlich kann ich wieder freier atmen.
Wir gehen in wunderbare Ausstellungen
und Konzerte.
Wir besuchen den Palast des Papstes.
Und wir begegnen interessanten Menschen.

So lerne ich auch Elizabeth und Sidney kennen,
ein englisches Pärchen,
das ebenfalls in Rom zu Besuch ist.
Beide interessieren sich dafür,
was man für hilflose und arme Menschen tun kann.
Und sie wissen, dass auch ich mich
mit solchen Fragen beschäftige.

Deshalb nimmt mich Elizabeth mit in Hospitäler.
Dort pflegen katholische Nonnen.
Wir besuchen auch ein Kloster in Rom.
In dem Kloster gibt es eine Waisenhaus-Schule.
Nonnen unterrichten dort Kinder,
die ohne Eltern aufwachsen müssen.
Ich bin begeistert.

Aus Rom schreibe ich lange Briefe nach Hause.
Ich schreibe über Ausstellungen und Empfänge.
Ich schreibe auch über Elizabeth und Sidney.

Meine Eltern werden sich freuen,
dass ich sie hier kennengelernt habe.
Denn Elizabeth ist sehr wohlhabend,
und Sidney ist ein einflussreicher Politiker.
Aber ich schreibe nicht,
dass die beiden so denken wie ich.
Ich schreibe auch nicht, dass die beiden
meinen einzigen wichtigen Wunsch verstehen:
meinen Wunsch, nach Kaiserswerth zu gehen.

Nach einem halben Jahr kehren wir
von unserer Reise nach England zurück.
Ich fühle mich frisch und stark.
Denn ich weiß, ich werde nach Kaiserswerth gehen.
Meine Eltern werden bestimmt nichts
dagegen haben.
Denn Elizabeth und Sydney halten sehr viel
von Kaiserswerth.
Und meine Eltern hören immer
auf einflussreiche Leute.

Die Entscheidung

„Florence, wir müssen mit dir reden."
Meine Mutter ruft mich nach unten.
Vater, Mutter und Parthe sitzen am Tisch.
Ich setze mich dazu.

„Richard will deine Entscheidung haben",
sagt Mutter.
Vater sagt: „Vor zwei Jahren schon hat er dir
einen Heirats-Antrag gemacht.
Du kannst Richard nicht noch länger
auf deine Antwort warten lassen."

Jetzt muss ich mich also entscheiden.
In meinem Kopf geht es hin und her.
Seit zwei Jahren schon.
Richard ist ein kluger und sympathischer Mann.
Vielleicht wäre ein Leben mit ihm ganz angenehm.
Vielleicht würde Richard mir
meine Freiheiten lassen.
Vielleicht würde er sogar mit mir zusammen
nach Kaiserswerth fahren.
Ich mag Richard sehr gerne.
Ja, vielleicht liebe ich ihn sogar?
Mit ihm könnte eine Ehe erträglich sein.
Und die Streitereien mit Mutter und Parthe
wären endlich vorbei.

Alle meine Probleme wären gelöst.
Sofort schäme ich mich.
Wie kann ich nur über einen so bequemen Weg nachdenken?
Wie kann ich nur meinen Auftrag
in den Hintergrund stellen?
Oder wäre beides miteinander zu vereinbaren:
die Ehe und meine Arbeit?

Mutter hofft sehr auf meine Heirat mit Richard.
Immerhin bin ich auch bald 30 Jahre alt.
In unseren Kreisen ist das fast schon zu alt,
um noch einen Ehemann zu finden.

Mutter und Parthe sehen mich erwartungsvoll an.
Parthe zupft nervös an ihrem Taschentuch.
Vater geht im Zimmer auf und ab.
Plötzlich bleibt er vor mir stehen.
„Nun, Florence, wir warten auf deine Antwort."

Ich stehe auf.
Mit zitternder Stimme sage ich:
„Ich lehne Richards Antrag endgültig ab."
Weinend laufe ich aus dem Zimmer.

Helfer in der Not

„Zu Hilfe! Kommt schnell!“, schreit Parthe.
„Florence ist schon wieder zusammengebrochen.“
Mutter kommt mit der Riech-Flasche herbei.
Aber ich bin schon von allein wieder wach geworden.
Ich halte meine Augen noch geschlossen.

„Das hat sie nun davon“, sagt Parthe.
„Seit ihrer Entscheidung gegen Richard
geht es ihr nur noch schlecht.
Ständig fällt sie in Ohnmacht.
Appetit hat sie auch keinen mehr.“
„Ja“, sagt Mutter. „Florence ist sehr schwach.
Vater hat für morgen
Selina und Charles eingeladen.
Vielleicht wissen die beiden einen Rat.
Sie waren ja schon einmal für Florence
Helfer in der Not.“

Am nächsten Tag schlagen Selina und Charles vor:
„Wir könnten Florence mitnehmen
auf unsere Reise nach Ägypten.“
Diesmal sind meine Eltern nicht sofort einverstanden.
In Europa gibt es politische Unruhen.
Und Ägypten ist ein sehr fremdes Land.
Frauen fahren eigentlich nicht dorthin.
Aber schließlich willigen meine Eltern doch ein.

Diese zweite Reise mit Selina und Charles ist jedoch ganz anders als die erste.
Ich kann sie nicht genießen.
Ich bin einfach nur traurig.

Ich habe die Liebe von Richard verspielt.
Hier in Ägypten bin ich 30 Jahre alt geworden.
Und was habe ich bisher in meinem Leben erreicht?
Traurig laufe ich durch die Straßen.

Plötzlich höre ich Jungen schreien:
„Nehmt die Steine! Wer trifft zuerst?"
Mit Steinen zielen die Jungen auf eine Eule.
Wie können sie nur so etwas tun?
Ich laufe zu ihnen.
Ich hebe die verletzte Eule auf.
Vorsichtig trage ich sie in meinem Umhang davon.

Ich habe die Eule gepflegt
und ihr den Namen Athena gegeben.
Seitdem ist Athena meine Begleiterin.
Athena tut mir gut.
Sie nimmt mir ein wenig meine Traurigkeit.
Aber richtig gesund und zuversichtlich werde ich auch hier in Ägypten nicht.

Heimlicher Umweg

Abends sitze ich mit Selina und Charles beim Essen.
Die beiden wissen, dass es mir nicht gut geht.
Deshalb haben sie sich etwas ausgedacht.

„Wie du weißt, geht es morgen
wieder auf die Rückreise“, sagt Charles.
„Ja“, antworte ich.
„Wir fahren über Wien, Prag und Berlin zurück.
Eine lange Fahrt.“

„Nicht ganz so lange“, meint Charles.
„Es gibt ja jetzt eine Eisenbahn
zwischen Wien und Prag.
Das geht viel schneller als mit der Kutsche.“

Selina nimmt meine Hand und sagt:
„Aber einen kleinen Umweg machen wir noch,
Florence.“
„Einen Umweg?“, frage ich neugierig.
Selina und Charles sehen sich an.
„Ja, Florence. Von Berlin aus fahren wir
nach Düsseldorf.
Genauer gesagt nach Kaiserswerth.“
Ich sehe die beiden mit großen Augen an.
„Nach Kaiserswerth?
Aber meine Eltern?

Was werden meine Eltern dazu sagen?
Sie würden das nie erlauben."
„Pst!", sagt Selina.
„Die wissen ja nichts davon."

Auch ich habe ein Geheimnis.
Über die Stimme habe ich bisher
mit keinem einzigen Menschen gesprochen.
Und auch nicht darüber,
dass ich sie an meinem 30. Geburtstag
ein zweites Mal gehört habe.
Hier in Ägypten.

Ab jetzt werde ich mich nur noch
um meinen Auftrag kümmern.
Mein Herz soll keinem Mann
in meinem Leben gehören.
Mein Herz soll den Hilflosen und Kranken dienen.
Es soll für alle Menschen offen sein.
Ohne Grenzen!

Lichtblicke

Auf der Rückfahrt notiere ich
alle wichtigen Eindrücke:
In Hamburg gibt es *Das Rauhe Haus*.
Hier kümmert sich ein Pastor mit anderen Helfern
zusammen um junge Menschen.
Um Jugendliche aus armen Verhältnissen.
Jugendliche, die Verbrechen begangen haben.
Man versucht, diesen jungen Menschen
eine neue Lebens-Richtung zu geben.

In Berlin gibt es ein Krankenhaus mit Diakonissen.
Die Frauen, die dort arbeiten,
kommen aus allen Schichten.
Vom Bauernmädchen bis zu Frauen
aus der Oberschicht.
Warum gibt es so etwas nicht bei uns in England?

Und dann endlich: Kaiserswerth!
Pastor Fliedner und seine Frau haben
eine wunderbare Welt geschaffen:
Ein Heim für Frauen, die im Gefängnis waren.
Ein Krankenhaus, das für alle Menschen offen ist.
Keine schmutzigen Betten.
Keine Läuse.
Keine betrunkenen Wärterinnen.
Es gibt eine Schule zur Ausbildung von Pflegerinnen.

Ein Waisenhaus.
Ein Institut zur Ausbildung von Lehrerinnen.
Ich bin begeistert.

Zwei Wochen lang darf ich
alle Einrichtungen besichtigen.
Ich wohne im Haus der Diakonissen.
Die Zimmer sind sehr klein.
Alles ist schlicht eingerichtet.
Das Essen ist einfach.
Zum Essen gibt es nur Wasser zu trinken.
Hier gibt es keinen Luxus.
Es gibt keine Bediensteten.
Zum ersten Mal in meinem Leben muss ich mir
meine Haare alleine kämmen.
Hier in Kaiserswerth finde ich das,
was ich immer gesucht habe.
Jetzt weiß ich, welchen Weg ich gehen will.
Mit neuer Energie fahre ich nach Hause zurück.

Ärger

„Das ist alles ohne unsere Erlaubnis passiert,
Florence."
Meine Mutter ist sehr verärgert.
Die Eltern haben von unserem Abstecher
nach Kaiserswerth erfahren.
„Du weißt, dass wir nicht zugestimmt hätten",
sagt Vater.
Und Parthe jammert:
„Du solltest dich lieber um mich kümmern!"

Hier zu Hause hat sich nichts verändert.
Sie wollen nicht, dass ich an Arbeit denke.
Sie wollen, dass ich wie in einem Puppenhaus lebe.
Wie eine Tochter reicher Eltern.
Mehr nicht!

Ab sofort werde ich alles
nur noch heimlich machen.
Ich schreibe einen ausführlichen Bericht
über die Einrichtungen in Kaiserswerth.
Es wird eine dicke Broschüre. Über 30 Seiten.
Pastor Fliedner hatte mich darum gebeten.
Er will mit der Broschüre
für das Modell Kaiserswerth werben.
Auch hier in England.
Meinen Namen schreibe ich nicht in den Bericht.

Das würde mir nur sehr viel Ärger bereiten.
Der Bericht erscheint deshalb anonym.
Trotzdem bin ich stolz darauf.
Es ist meine erste Veröffentlichung
über Kranken-Pflege.

Ich schreibe nicht nur heimlich.
Ich arbeite auch heimlich.
Ich unterrichte in einer Lumpen-Schule
bei uns in der Nähe.
Ich gebe dort Unterricht für Mädchen
aus armen Familien.

Aber die Eltern bekommen es doch wieder raus.
Parthe bekommt einen Wutanfall.
„Du sollst dich um mich kümmern
und um sonst keinen!", schreit sie.
Meine Eltern stehen hinter Parthe.
Ich soll mich ab sofort und ausschließlich
um meine Schwester kümmern.
Von morgens bis abends soll ich ihr dienen
und sie begleiten.

Ich könnte verrückt werden.
Vielleicht bin ich es ja auch schon.
Parthe tut mir leid.
Sie weiß nichts von der Welt da draußen.
Sie kann nicht anders sein, als sie ist.

Sie kann nichts dafür.
Und auch Mutter hat keine Schuld.
Vater leidet unter den ganzen Streitereien.
Und ich bin schuld an allem.
Sonst niemand.
Ich bin das Problem.
Und ich alleine muss dieses Problem lösen!

Die Chance

Ich wusste schon immer:
Frauen, die nichts Sinnvolles tun, werden krank.
Und genauso ist es jetzt mit Parthe gekommen.
Sie ist mit den Nerven fertig.
Sie ist körperlich und seelisch krank.

Wieder einmal ist der Arzt bei uns.
„Parthe braucht eine Kur", sagt er.
„In Europa sind die besten Kur-Orte.
Ich empfehle eine Kur in Karlsbad.
Mindestens drei Monate lang.
Es wäre sicher auch gut, wenn Parthe und Florence nicht ständig zusammen wären.
Eine Trennung der beiden wäre für eine Zeit lang sicher zu empfehlen."

Das ist meine Chance.
Diese Gelegenheit muss ich ergreifen!
Am Abend sage ich zu meinen Eltern.
„Wenn ihr nach Karlsbad fahrt,
dann möchte ich in der Zeit nach Kaiserswerth."

Meine Mutter rennt aus dem Zimmer.
Parthe ist zum Glück nicht anwesend.
Vater sagt nichts.
Mutter kommt zurück ins Zimmer.

Sie ist blass.
Sie hat keine Kraft mehr, gegen mich zu kämpfen.
Vor ein paar Tagen haben meine Eltern
noch mit den Freunden gesprochen.
Mit Herrn von Bunsen, mit Selena und mit Charles.
Sie alle sind begeistert von Kaiserswerth.
Was sollten meine Eltern jetzt noch
dagegen sagen?

„Also gut, Florence“, sagt Vater.
„Du darfst drei Monate nach Kaiserswerth.
Aber niemand soll wissen, dass du dort hinfährst.
Ich erwarte absolutes Still-Schweigen
über deinen Aufenthalt dort.“

Arbeiten

In Kaiserswerth darf ich
in den verschiedenen Einrichtungen arbeiten:
im Waisenhaus und im Krankenhaus.
Und ich darf sogar bei Operationen dabei sein.
Hier darf ich endlich arbeiten,
von 6 Uhr morgens bis oft 10 Uhr abends.
Was für ein großes Glück!

Mutter hat mir einen langen Brief geschrieben.
Sie behütet mich in Gedanken.
Und sie wünscht mir Glaube und Liebe für das,
was ich tue.
Sie ist nicht glücklich darüber,
dass ich nicht bei der Familie bin.
Aber sie ist offener geworden für meinen Weg.
Und mein Vater unterstützt mich auch immer mehr.

Die drei Monate in Kaiserswerth
vergehen wie im Fluge.
Ich schreibe in mein Tagebuch:
Hier habe ich so viel gelernt.
Hier habe ich endlich arbeiten können.
Es gibt keinen besseren Ort als diesen hier.

Auf der Rückreise treffen wir uns in Köln:
Vater, Mutter, Parthe und ich.

Von Köln aus wollen wir weiter nach England.
So kommen wir alle zusammen wieder zu Hause an.
Und alle werden denken,
dass wir zusammen in Karlsbad waren.

Bei Parthe hat sich rein gar nichts geändert.
Ständig wird sie ohnmächtig.
Oder sie schreit mich wütend an:
„Du bist schuld, dass ich so krank bin."
Aber inzwischen weiß ich:
Ich habe keine Schuld.
Ich bin auch nicht die Ursache für die Streitereien
hier zu Hause.

In eins meiner Hefte schreibe ich:
Es ist die Gesellschaft, die uns Frauen krank macht.
Es sind die Regeln und Zwänge,
die uns unmündig und klein halten.
Wir werden zum Nichts-Tun verdammt.
Das macht uns unglücklich und schwach.
Dagegen müssen wir uns wehren.
Lasst uns unseren Kopf und unsere Hände
gebrauchen!
Lieber in gefährliche Wellen springen,
als untätig am Strand herumstehen!

Das Pflege-Heim

Eines Tages gibt mir unsere Freundin
Elizabeth Herbert einen Tipp:
„In London gibt es ein Pflege-Heim
für vornehme ältere Damen.
Sie können sich nicht mehr alleine versorgen.
Und manche von ihnen sind in Armut geraten.
Das Heim soll in ein neues Gebäude umziehen.
Man will alles neu organisieren.
Dafür suchen die Geld-Geber eine neue Leitung.
Das wäre doch was für dich, Florence.
Das ist deine Chance.
Soll ich dich als neue Leiterin vorschlagen?"
Ich muss nicht lange überlegen.
Ich bin sofort einverstanden.

Zu Hause erzähle ich,
dass ich mich auf die Stelle bewerben werde.
Parthe bekommt sofort einen Schrei-Anfall.
Mutter ist gegen meine Bewerbung.
Vater ist nicht begeistert.
Aber er ist einverstanden.

Und ich werde tatsächlich ausgewählt.
Mit 33 Jahren habe ich meine erste
echte Arbeits-Stelle.
Alles, was ich bisher gelernt habe,

kann ich endlich umsetzen.
Und vor allem kann ich auch eigene,
neue Ideen verwirklichen.

So sollen die Pflegerinnen nicht das Essen
von unten aus der Küche durch das ganze Haus
nach oben tragen.
Dabei geht viel zu viel Zeit für die Pflege verloren.
Und außerdem wird das Essen kalt.
Die Pflegerinnen sollen auch nicht
über verschiedene Etagen pflegen.
Dieses Gerenne treppauf, treppab ist
viel zu anstrengend.
Ich richte deshalb pro Etage eine Station ein.
Die Pflegerinnen arbeiten nur
auf der ihnen zugeteilten Station.
Ich lasse Aufzüge einbauen.
Damit kommt das Essen jetzt auf die Stationen.
In jedem Kranken-Zimmer gibt es
ab sofort eine Glocke.
Wenn eine Patientin klingelt,
öffnet sich vor der Zimmer-Tür eine Holz-Klappe.
So sehen die Pflegerinnen sofort,
in welchem Zimmer sie verlangt werden.
Auf jeder Station gibt es ein Bade-Zimmer.
Es gibt keine Schlaf-Säle mehr.
Es gibt nur noch kleinere Zimmer
mit ein oder zwei Betten.

Am Anfang sind nicht alle einverstanden.
Ich höre einige sagen:
„Zu viele Veränderungen!“
„Die will hier alles umkrempeln!“
„Was sollen Aufzüge in einem Krankenhaus?“
„Warum können wir nicht so weitermachen
wie bisher?“

Aber ich lasse mich von meinem Weg
nicht abbringen.
Und schon gar nicht von meinen Forderungen:
Dieses Haus ist offen für alle Frauen.
Hier werden nicht nur reiche Damen versorgt.
Und es ist auch egal,
welcher Religion die Patientinnen angehören.
Dieses Hospital kennt keine Glaubens-Grenzen!

Mein Modell von einem Hospital setzt sich durch.
Mein Modell spricht sich herum.
Und mir wird angeboten, eins der größten
Krankenhäuser von London zu übernehmen.
Ich freue mich sehr auf diese neue Aufgabe.
Aber gerade, als ich das Angebot annehmen will,
lese ich in der Zeitung über schreckliche Zustände
an einem ganz anderen Ort der Welt.

Im Schwarzen Meer gibt es eine Halb-Insel,
die Krim.

Die Russen wollen diese Halb-Insel
in Besitz nehmen.
Aber die Krim gehört zur Türkei.
Für Europa ist ein freier Zugang über die Krim wichtig.
Denn über diese Halb-Insel führen
die Handels-Wege nach Indien.
Deshalb helfen England und Frankreich
der Türkei im Kampf gegen Russland.

Seit März sind unsere Soldaten
da unten im Krim-Krieg.
Und alles verläuft schrecklich.
Die grauenhaften Zustände werden
in der Zeitung beschrieben.

Ich lege die Zeitung beiseite
und denke sehr lange nach.
Dann setze ich mich an den Schreibtisch.
Ich schreibe an unseren Familien-Freund
Sidney Herbert.

Der Brief

Nach wenigen Tagen bekomme ich
einen Brief von Sidney Herbert.
Unser Familien-Freund ist inzwischen
Kriegs-Minister von England.
Er wendet sich mit einer großen Bitte an mich.

Verehrte Florence Nightingale,
wie Sie wissen, hat England Soldaten
in den Krim-Krieg geschickt.
Es gibt Berichte über sehr schlimme Zustände.
In der Zeitung Times *schreiben sie:*
„Die Verletzten werden nicht ordentlich versorgt.
Es fehlt an allem.
Nicht einmal Verbands-Zeug ist vorhanden.
Es gibt kein ordentliches Lazarett.
Es gibt keine Pflegerinnen.
Nichts ist richtig organisiert.
Die Verletzten sterben oft nicht an ihren Wunden.
Sie sterben an Krankheiten und Seuchen.
Oder sie sterben, weil sie nicht operiert werden.
Oder weil sich niemand richtig um sie kümmert."

Liebe Florence, überall hat sich herumgesprochen,
dass Sie Hospitäler hervorragend leiten können.
Alle wissen, welches Organisations-Geschick
Sie haben.

Alle schätzen Sie als Expertin für Kranken-Pflege.
Ich bitte Sie im Namen der Regierung:
Fahren Sie mit einer Gruppe von Pflegerinnen
in die Türkei nach Skutari.
Bauen Sie dort ein ordentliches Lazarett auf.
Wir werden Sie in allem unterstützen.
Sie können die Gruppe der Pflegerinnen
selber zusammenstellen.
Die Leser der Times *haben viel Geld gespendet.*
Wir werden Ihnen alles zur Verfügung stellen:
Medikamente, Wäsche, Verbände.
Florence Nightingale,
die Soldaten und unser Land brauchen Sie!

Auch ich hatte den Artikel in der *Times* gelesen.
Ich war schockiert über die Zustände in Skutari.
Deshalb hatte ich drei Tage vor dem Brief
selber einen Brief geschrieben.
Einen Brief an Sidney Herbert.
In zwei Sätzen hatte ich ihm geschrieben:
Bitte lassen Sie mich nach Skutari fahren.
Bitte entsenden Sie mich als Pflegerin dorthin!

Unsere Briefe waren gleichzeitig unterwegs.
Und gleichzeitig haben wir sie gelesen.

Krim-Krieg

Zusammen mit 38 Pflegerinnen
komme ich in Skutari an.
Ich habe die Frauen sorgfältig ausgewählt.
Sogar Mutter und Parthe haben mir geholfen.
Sie und Vater sind stolz darauf, dass ich
diesen Auftrag von der Regierung bekommen habe.

Die Schiffs-Reise dauert lange.
Auf dem Meer ist es stürmisch.
Wir alle sind furchtbar seekrank.
Ich bin gespannt, was alles auf uns zukommen wird.
Ich rechne mit dem Schlimmsten.
Aber ich freue mich auf die neue Herausforderung.

Die Küste fällt zum Meer hin steil ab.
Auf der Anhöhe steht ein langes, graues Gebäude:
das Kasernen-Lazarett von Skutari.
Hierher bringen sie
die verletzten und kranken Soldaten.
Was wir dann zu sehen bekommen, ist die Hölle.

Wir gehen durch die langen Gänge der Kaserne.
Es gibt kaum Licht.
Wasser läuft an den Wänden herunter.
Es ist feucht und kalt.
In dunklen Ecken hocken verletzte Soldaten.

Ein Sanitäter kommt uns entgegen.
„Ich möchte den leitenden Arzt sprechen",
sage ich zu ihm. „Wo kann ich ihn finden?"
Der Mann grinst. Er sagt:
„Dr. Menzies wird Sie wohl kaum treffen wollen.
Frauen haben im Krieg nämlich nichts zu suchen.
Und hier im Lazarett läuft alles bestens.
Wir brauchen Ihre Hilfe nicht.
Ich kann Ihnen jetzt schon sagen,
was Sie von Dr. Menzies zu hören bekommen:
Packen Sie Ihre Sachen und verschwinden Sie
mit Ihren Damen! Das wird er Ihnen sagen."

Ich lasse mich nicht einschüchtern.
„Bringen Sie uns sofort zu Dr. Menzies!"

Dr. Menzies sitzt an seinem Schreibtisch.
Er steht nicht einmal auf, um uns zu begrüßen.
Und sofort legt er los:
„Miss Nightingale, es hat noch nie Pflegerinnen
in einem Kriegs-Lazarett gegeben.
Und wir haben nicht vor,
so etwas hier einzuführen.
Krieg ist Männersache.
Das ist Ihnen doch wohl bekannt."
„Wir sind im Auftrag der Regierung hier",
entgegne ich dem Arzt.
„Das interessiert mich nicht", antwortet er.

„Wir lassen jedenfalls keine Frauen
in unsere Kranken-Säle.
Am besten gehen Sie sofort wieder zurück
auf Ihr Schiff. Es legt in wenigen Stunden ab."

Ich lasse mich von Dr. Menzies
nicht aus der Ruhe bringen.
„Wir bleiben", sage ich.
„Wenn Sie uns nicht zu den Kranken lassen wollen,
dann halten wir uns selbstverständlich daran.
Aber Sie werden uns brauchen, Dr. Menzies.
Das werden Sie schon sehen.
Ein Schiff mit 800 schwer verletzten Soldaten
ist hierher unterwegs.
Das Schiff kommt aus Balaklawa.
Dort hat es blutige Kämpfe gegeben.
Mit dem Schiff werden auch
Cholera-Kranke hierher gebracht.
In London habe ich selber Cholera-Kranke gepflegt,
Herr Dr. Menzies.
Ich weiß, was diese hoch ansteckende Krankheit
bedeutet.
Und dazu noch 800 verwundete Soldaten.
Ohne uns werden Sie das nicht schaffen.
Sie werden schon nach uns rufen,
wenn es so weit ist.
Zeigen Sie uns nun unsere Unterkunft."

Die Hölle von Skutari

Sie stellen uns eine schmutzige Wohnung
zur Verfügung.
Vier Zimmer für 38 Frauen.
Betten gibt es nicht.
Nur harte Gestelle aus Holz.
Alles ist dreckig, aber es gibt keine Putzmittel.
Wir haben nur eine sehr kleine Küche.
Doch viel schlimmer sind die ganzen Zustände
im Lazarett.

Überall liegen Abfälle herum.
Ratten laufen durch Dreck und Müll.
Die Latrinen sind übergelaufen.
Es stinkt entsetzlich.

Eines Abends schleiche ich mich heimlich
in einen der Kranken-Säle.
Ich bin schockiert:
Die Männer liegen eng an eng in den Betten.
Manche müssen sich ein Bett teilen.
Andere liegen auf dem kalten Fußboden,
weil es nicht genug Betten gibt.
Es gibt keine Matratzen.
Es fehlt an Bett-Decken.
Die Nacht-Töpfe laufen fast über.
Die Soldaten liegen in ihrem eigenen Dreck.

Es gibt keine Heizung.
Die Männer frieren unter ihrer dünnen Haut.
Alle sind abgemagert.
Was bekommen sie nur zu essen?
Ob sie überhaupt etwas bekommen?
Jedenfalls nichts, was satt und gesund macht.
Viele der Männer haben sich die Haut zerkratzt.
Auch auf den Köpfen haben sie blutige Stellen.
Läuse und Flöhe quälen die Männer.
Eitrige Wunden liegen offen.
Es fehlt an Verbänden.
Nein, hier fehlt es einfach an allem!

Ich denke an die Worte des Sanitäters:
„Hier im Lazarett läuft alles bestens,
Miss Nightingale."
Aber, was ich hier vorfinde,
ist unbeschreiblich grausam.
Sie lassen die Verletzten und Kranken
einfach verrecken.
Sie behandeln die Soldaten schlimmer als Vieh.

Zu Hause hatte Vater gesagt:
„Als Soldaten melden sich immer nur
die Ärmsten der Armen.
Nur sie ziehen in den Krieg,
denn sie haben nichts mehr zu verlieren.
Es sind auch Kriminelle und Säufer darunter.

Der Krieg ist der einzige Weg,
den sie noch im Leben haben.
Die Offiziere sehen auf sie wie auf Tiere herab.
Das wirst du erleben, Florence, da in Skutari.
England sollte sich dafür schämen,
wie wir mit unseren Soldaten umgehen.“

Vater hatte recht.
England sollte sich schämen.
Aber wir werden jetzt unsere Ärmel hochkrempeln.
Wir werden aus dieser Hölle
ein ordentliches Krankenhaus machen.

Veränderungen

Wir unterstehen als Pflegerinnen
den Militär-Ärzten.
Wir dürfen nur das tun, was sie uns tun lassen.
Aber schon nach wenigen Tagen bitten sie
uns um Hilfe.

Tag für Tag kommen neue Schiffe an.
Hunderte von Verletzten und Kranken
werden jeden Tag hierhergebracht.
Jetzt kann ich endlich mit den Frauen loslegen.

Von den Spenden-Geldern der *Times*-Leser
können wir alles Nötige besorgen:
Reinigungs-Mittel, Verbände, Medizin,
nahrhaftes Essen und vieles mehr.
Als Erstes wird saubergemacht.
Wir säubern auch die Räume, die leerstehen.
Wir brauchen Platz, viel mehr Platz.
Jeder Soldat soll seine eigene Stroh-Matratze
bekommen.
Dafür haben wir Säcke besorgt,
die wir mit Stroh füllen.
Wenn die Männer zu eng zusammenliegen,
stecken sie sich gegenseitig an.
Für die Cholera-Kranken richten wir
eine eigene Station ein.

Patienten mit ansteckenden Krankheiten
können nun von den anderen isoliert werden.
Jeder Soldat bekommt Jacken und Hemden,
Decken und sauberes Geschirr.
Leichter verletzte Soldaten unterstützen uns
in der Pflege.
Ich ordne an, dass sie die Latrinen reinigen.
Türkische Frauen aus Skutari desinfizieren
die Wände und Böden im Lazarett.
Dadurch wollen wir die Ratten vertreiben.

Die Soldaten werden ab sofort
regelmäßig gewaschen.
Jeder Patient hat dafür seinen eigenen Schwamm.
Verbände werden so oft wie nötig gewechselt.
Genauso wie die Bettwäsche.
Die Wunden werden desinfiziert
und regelmäßig kontrolliert.
So oft wie möglich wird gelüftet.
Die Schlaf-Säle werden regelmäßig geputzt.
Sauberes Trinkwasser haben wir hier nicht.
Deshalb bekommen die Patienten nur noch
abgekochtes Wasser zu trinken.

Jedes Bett bekommt eine eigene Nummer.
Zu jeder dieser Nummern gibt es Berichte:
Name des Patienten. Alter.
Datum der Einlieferung.

Art der Krankheit oder der Verletzung.
Datum und Verlauf von Operationen.
Tägliche Messung der Körper-Temperatur.
Auffälligkeiten wie Entzündungen,
Fieber oder Durchfall.
Allgemeiner Zustand des Patienten.
Entwicklung der Krankheit oder der Verletzung.
Datum der Entlassung oder Datum des Versterbens.
Todes-Ursache.

Ich sehe mir alle Berichte genau an.
Ich notiere, welche Krankheiten in welcher
Jahreszeit am häufigsten vorkommen.
Ich rechne aus, wie viel Sterbefälle es
in den verschiedenen Monaten gibt.
Ich vergleiche alle Zahlen.
Und so kann ich Ursachen
und Zusammenhänge verstehen.
Im Winter erkranken und sterben die meisten.
Es ist einfach zu kalt auf den Kranken-Stationen.
Ich lasse kleine Öfen kaufen.
Ich achte auf die strenge Einhaltung
der Hygiene-Regeln.
Die Zahlen sprechen für sich:
Wir haben es geschafft,
dass die Anzahl der Sterbefälle zurückgeht.

Die Dame mit der Lampe

Die Militär-Ärzte wissen inzwischen
unsere Arbeit zu schätzen.
Am Anfang waren sie entsetzt,
denn ich wollte auch bei Operationen dabei sein.
Bei Kriegs-Verletzungen muss oft
amputiert werden.
Verletzte Beine oder Arme müssen
abgenommen werden.
Sonst kommt es zu Blut-Vergiftungen.
Oder der Verletzte verblutet an seiner Wunde.
Für die Ärzte war meine Forderung ein Schock.
Undenkbar, dass eine Frau bei einer Operation
dabei ist.
Aber ich habe nicht nachgelassen.
Ich habe einfach darauf bestanden.
Inzwischen haben sich die Ärzte daran gewöhnt.
Und es hat sich bis London herumgesprochen,
dass Miss Nightingale jetzt auch
bis in den Operations-Saal vorgedrungen ist.
Was für eine Aufregung das wohl gibt!

Dabei gibt es andere Sachen,
über die man sich viel mehr aufregen sollte.
So wollen verwundete Offiziere immer
als Erste versorgt werden.
Auch wenn es Soldaten gibt,

denen es viel schlechter geht.
Aber nicht mit mir!
Ich habe klare Regeln aufgestellt:
Zuerst sehen wir uns alle
neu eingelieferten Patienten an.
Dann teilen wir sie in verschiedene Gruppen ein:
Wer um Leben und Tod kämpft,
wird als Erster versorgt.
Wer schwer verletzt ist, kommt als Nächster dran.
Wer sich noch selber auf den Beinen halten kann,
ist später an der Reihe.
Wenn wir Leben retten wollen,
dann müssen wir so auswählen.
Ob jemand Offizier ist oder einfacher Soldat,
das spielt dabei überhaupt keine Rolle.

Eine andere Forderung einzelner Offiziere
erfüllen wir auch nicht.
Einige wollen doch tatsächlich
eine private Pflegerin in ihrer Wohnung haben.
Auf gar keinen Fall gibt es solche Ausnahmen!
Pflege ist ein Beruf. Ein ordentlicher Beruf.
Auch moralisch!
Es soll keine Liebeleien zwischen Pflegerinnen
und Patienten geben.
Darum dürfen die Pflegerinnen auch nachts
nicht in die Schlaf-Säle gehen.
Ich weiß, dass die Männer hungrig nach Liebe sind.

Auch nach körperlicher Liebe.
Sie sind hungrig nach Frauen.
Aber sie müssen lernen, dass wir hier arbeiten.
Zu unserer Arbeit gehört auch das Trösten
bei Kummer und Schmerz.
Aber keine Liebeleien.
Keine Liebes-Beziehungen!

Nachts sehe nur ich nach den Patienten.
Mit meiner Öl-Lampe gehe ich
durch die Schlaf-Säle.
Ich kontrolliere, ob jemand Hilfe braucht.
Oder ich tröste, wenn einer weint
oder Heimweh nach seiner Familie hat.
In der *Times* nennen sie mich deshalb
die *Lady with the Lamp*, die Dame mit der Lampe.
Parthe hat mir den Zeitungs-Artikel geschickt.
Zu Hause lesen sie alles über mich.
Parthe schneidet alle Artikel aus und sammelt sie.
Zu Hause sind sie stolz auf mich.
Einige Soldaten sind von hier
nach England zurückgekehrt.
Mit Tränen in den Augen haben sie erzählt:
„Die *Lady with the Lamp* hat unser Leben gerettet."

Betrug und Behörden

In den Zeitungen berichten sie über
Die Dame mit der Lampe.
Sie sollten besser über
Die Dame mit dem Schreib-Stift schreiben.
Denn ich schreibe und schreibe und schreibe.

Ich schreibe Bestellungen,
wenn wir neues Material brauchen:
Decken, Verbände, Medikamente.

Ich schreibe Beschwerden, wenn Lieferungen
mal wieder nicht bei uns angekommen sind.
Die Sachen werden unterwegs gestohlen.
Oder Offiziere schaffen die Sachen
für sich selbst auf die Seite.

Ich schreibe, damit wir einen ordentlichen Koch
bekommen.
Wir brauchen jemanden,
der gesunde Gerichte zubereiten kann.

Ich schreibe nach England, dass man uns
nicht Hilfs-Pakete, sondern Geld schicken soll.
Die Menschen meinen es gut mit ihren Liebes-Gaben.
Aber was sollen wir hier mit
einer Flasche Rasierwasser?

Oder mit Obst, das auf der langen Fahrt
verfault ist?

Ich beschwere mich, dass wir viel zu viele
Formulare ausfüllen müssen.
Ich schreibe, dass die Bewilligungen
und Lieferungen viel zu lange dauern.
Ich schreibe, dass die Behörden
uns das Arbeiten schwermachen.

Zum Glück gibt es viele Spenden
von den *Times*-Lesern.
Auch viele ehemalige Soldaten spenden Geld.
Ich schreibe Dankes-Briefe.

Ich schreibe auch regelmäßig an Parthe.
Sie soll Bücher und Spiele beschaffen, und auch
Schreib-Papier, Stifte und Musik-Instrumente.

Die Soldaten sollen nicht gelangweilt rumhängen,
wenn es ihnen besser geht.
Menschen sind zufriedener,
wenn sie etwas Schönes machen können.
Deshalb will ich ein Lese-Zimmer einrichten.
Und ein Café, in dem sich die Soldaten
aufhalten können.
Ich will auch Theater-Gruppen
und Musik-Gruppen aufbauen.

Und wir wollen den Soldaten auch
Unterricht anbieten.
Viele von ihnen können nicht lesen und schreiben.
Aber sie würden es gerne lernen.
Ich werde für sie Lehrer suchen,
damit sie guten Unterricht bekommen.

Ich schreibe Bitt-Briefe und Dankes-Briefe.
Und ich schreibe auch an Angehörige,
wenn ein Soldat bei uns verstorben ist.
Ich schreibe ihnen, damit sie wissen:
Ihr Mann oder Sohn oder Bruder ist umsorgt
und in Würde gestorben.
Ich schreibe, um zu trösten.
Und ich schreibe auch,
um mir selber immer wieder neue Kraft zu geben.

Kraftlos

Die Arbeit selbst ist für mich nicht anstrengend.
Auch wenn ich oft einen 20-Stunden-Tag habe.
Anstrengend sind Streitereien und Konflikte:
Streit unter den Pflegerinnen.
Ärger, weil ich ihnen das Trinken von Alkohol verbiete.
Macht-Kämpfe gegen mich.
Falsche Berichte in London über unsere Arbeit.
Hinter all dem steht oft nur Neid.
Oder die Sorge,
dass ich schlechte Zustände öffentlich mache.
Manche denken sogar, wir sind Spioninnen.
Weil wir im Auftrag der Regierung arbeiten.

Eines Tages fahre ich mit einigen Pflegerinnen
nach Balaklawa.
Balaklawa ist ein Ort auf der Krim.
Dort toben heftige Kämpfe.
Ich will vor Ort sehen, wie es den Soldaten geht.
Ich will mir vor allem auch das Lazarett dort
ansehen.

Die Zustände in dem Lazarett sind genauso
schlimm, wie sie anfangs in Skutari waren.
Die leitende Nonne, Mutter Bridgeman,
empfängt mich mit den Worten:
„Verschwinden Sie von hier, Miss Nightingale!"

Der leitende Arzt, Dr. Hall, will auf keinen Fall
meine Hilfe annehmen.

Wir bleiben trotzdem noch zwei Tage lang.
Ich sehe mich in dem schmutzigen Lazarett
und in der Küche um.
Ich spreche mit dem Hilfs-Koch.
Aber plötzlich versagt meine Stimme.
Ich bekomme keinen Ton mehr heraus.
Ich kann nicht mehr sprechen.

Meine Stirn wird heiß.
Schweiß läuft mir über das Gesicht.
Dann bin ich zusammengebrochen.
Das haben sie mir später erzählt,
Alle dachten, ich wäre tot.
Und das haben sie auch als Nachricht
nach London geschickt.

Zwei Wochen lang hing mein Leben nur noch
an einem ganz dünnen Faden.
Ich kämpfte auf Leben und Tod.
„Krim-Fieber“, hatte Dr. Hall festgestellt.

„Es ist ein Wunder, dass Sie noch leben“,
sagt Dr. Hall zu mir.
„Und jetzt ist es höchste Zeit,
dass Sie von hier verschwinden.“

Als wir nach diesen zwei Wochen wieder
in Skutari ankommen,
stehen jubelnde Menschen-Massen am Hafen.
„Florence Nightingale lebt!“, rufen sie laut.
Alle hohen Beamten sind gekommen,
um mich zu begrüßen.
Aus England haben sie einen Hund geschickt,
um mich aufzumuntern.
Soldaten schenken mir eine neue Eule.
Meine alte Athena war inzwischen verstorben.
All das soll mir helfen, wieder gesund zu werden.

Doch die Krankheit hinterlässt ihre Spuren.
Seit dem Krim-Fieber habe ich Schlaf-Störungen.
Ich leide unter Ohren-Schmerzen
und Entzündungen.
Alle Muskeln und Knochen tun mir weh.
Aber ich weiß, dass ich gebraucht werde.
Die Menschen brauchen mich.
Auch wenn der Krieg zu Ende geht.

Engel der Kranken

Am 30. März 1856 ist der Krim-Krieg zu Ende.
Der Frieden wird verkündet.
Aber ich bleibe noch weiter hier in Skutari.
Ich bleibe, bis der letzte Soldat
nach England zurückgefahren ist.
Ich bleibe, bis alle Pflegerinnen
wieder zu Hause sind.

Parthe hat mir einen Brief geschrieben:

Liebe Flo,
wir sind so stolz auf dich.
Das ganze Volk liebt dich.
Sie schreiben Lieder für dich und Gedichte.
Sie nennen dich Engel der Kranken
oder Himmels-Geschenk für die Soldaten.
Jeder will ein Bild von dir haben.
Aber Vater gibt kein Bild von dir heraus.
Er will nicht, dass jeder dich
in seinen Händen herumträgt.
Deshalb malen sie dich jetzt.
Und zwar so, wie du in ihrer Vorstellung aussiehst.
Manche malen dich mit goldenen Haaren.
Andere malen dich wie eine spanische Königin.
Mädchen werden jetzt
auf den Namen Florence getauft.

Viele Menschen spenden Geld
für eine Florence-Nightingale-Stiftung.
Nicht nur die Reichen geben Geld.
Nein, auch viele einfache Soldaten, die dich verehren.
Alle wollen deine Arbeit unterstützen.
Komm nur bald zurück.
Alle werden dich feiern.
Das wird ein wunderbares, großes Fest.
Bis bald.
Deine Schwester Parthe.

Kein Theater!

Auf keinen Fall will ich so ein Theater
um meine Person.
Ich will keine Marsch-Musik
und keine großen Reden.
Ich habe hier nur meine Arbeit getan,
sonst nichts.

Als ich das Krim-Fieber hatte,
ist Tante Mae nach Skutari gekommen.
Meine Lieblings-Tante wollte mich unterstützen.
„Tante Mae“, sage ich.
„Was soll ich nur machen?
Ich will keine Feiern und Reden,
wenn ich nach England zurückkehre.
Dieses ganze Theater ist mir einfach zu viel.“
Tante Mae denkt eine Weile nach.
Dann sagt sie: „Ich habs.
Wir beide fahren unter falschen Namen zurück.
Und wir nehmen eine andere Strecke
als die anderen.
Wir fahren über Paris nach England.
Und keiner bekommt mit, wenn du dich dann
von London aus nach Hause schleichst.
Dein Gepäck schicken wir vor.
Und deinen Eltern schreibst du,
dass du irgendwann nachkommst.“

Genauso haben wir es gemacht.
Und eines Abends gehe ich in aller Stille
den Weg zu unserem Haus *Lea Hurst* hoch.
Was für ein Empfang!

Als Erstes rennt unser Hund auf mich zu.
Dann kommt der Kutscher angelaufen
und das Haus-Personal.
Mutter und Parthe stehen auch plötzlich da.
Aber sie trauen sich nicht, mich zu umarmen.
Ich bin mager und blass.
Unter den Augen habe ich tiefe, dunkle Ringe.
Meine Haare sind dünn und ganz kurz geschnitten.
Weil ich so starkes Fieber hatte
und furchtbar geschwitzt habe.
„Wie siehst du nur aus", sagt Parthe leise.

Jetzt kommt Vater aus dem Haus gelaufen.
Er nimmt mich in seine Arme.
Er hält mich ganz fest.
„Florence, meine kleine Flo!"
Ich spüre, dass er weint.
Er hatte Angst, dass ich nie wieder
nach Hause kommen würde.

Königin der Zahlen

Ich habe im Krieg viel gelernt.
Ich werde den Politikern sagen,
was ich alles gesehen habe.
Ich werde von der Politik fordern,
was alles verbessert werden muss.
Und ich werde alles mit Zahlen belegen.
Das ganze Gesundheits-System muss
verändert werden.
Wir müssen neue Wege gehen.
Wir brauchen Reformen!

In den nächsten Tagen und Wochen werte ich
alles aus, was ich in Skutari aufgeschrieben habe.
Ich vergleiche die Zahlen:
Wie viele ansteckende Krankheiten gab es?
Wie viele Sterbefälle gab es in welchen Monaten?
Im Winter gab es die meisten.
Wir haben die Öfen beschafft,
Decken und Kleidung.
Die Sterbefälle im Winter sind weniger geworden.

Wie viele Durchfall-Erkrankungen gab es?
Wie viele davon gab es,
nachdem die Latrinen gereinigt waren?
Die Durchfall-Erkrankungen sind danach
eindeutig zurückgegangen.

Wie viele Ansteckungen gab es, nachdem wir
die Isolier-Station eingerichtet hatten?
Die Ansteckungen sind zurückgegangen.
Anhand der Zahlen kann ich beweisen,
dass unsere Maßnahmen richtig waren.

Mit guter Hygiene, ausreichender Versorgung
und vitaminreichem Essen sind die Sterbefälle
zurückgegangen.
Ansteckende Krankheiten haben sich bei uns
nicht weiter verbreitet.
Wir haben Regeln aufgestellt,
die für alle Militär-Krankenhäuser gelten sollten.

Die Zahlen beweisen es.
Aber nicht jeder versteht das.
Vor allem nicht Politiker,
die keine Zeit oder Lust zum Lesen haben.
Deshalb zeichne ich meine Zahlen
wie in einem Bild auf.

Das Bild sieht aus wie eine große Torte.
Jedes Torten-Stück zeigt, wie viele ansteckende
oder tödliche Krankheiten es gab.
Hohe Zahlen entsprechen
einem großen Torten-Stück.
Geringere Zahlen entsprechen
einem kleinen Torten-Stück.

Jedes Torten-Stück zeigt,
wie unsere Maßnahmen gewirkt haben.
Die Torten-Stücke wurden bei uns immer kleiner.
Das heißt: Immer weniger Soldaten
mussten sterben.

Alle meine Erkenntnisse schreibe ich
in einem Buch auf.
Ich lasse dieses Buch drucken.
Alle sollen wissen,
was man den Soldaten angetan hat.
In den dreckigen, vernachlässigten Lazaretten.
Und alle sollen wissen,
was man besser machen könnte.

Ein Buch schicke ich an die Königin von England,
an Königin Victoria.
Schon einmal hatte sie mich eingeladen.
Nach meinem Einsatz im Krim-Krieg.
Sie hat mir Mut gemacht, dieses Buch zu schreiben.
Solange ich lebe, werde ich kämpfen.
Die Verhältnisse in den Lazaretten
müssen verbessert werden.
Aber die Verhältnisse in der Militär-Verwaltung
müssen als Erstes verändert werden!

Eines Tages erhalte ich einen Brief.
Der Brief trägt das Siegel der Königin.

Aufgeregt öffne ich das Schreiben.
Mein Blick fällt auf einen Satz,
der mein Herz jubeln lässt:

Hiermit werden Sie, verehrte Miss Nightingale, als erste Frau zum Mitglied in der Königlichen Statistischen Gesellschaft Englands ernannt.
Möge diese Auszeichnung Ihren herausragenden Einsatz für Reformen in ganz besonderer Weise stärken und unterstützen.

Ich muss lächeln,
denn ich denke an Vater und Mutter.
Damals hatten sie mit mir geschimpft:
„Mathematik und Zahlen, das ist nichts für Frauen, Florence."

Die Beraterin

Wir Frauen dürfen nicht in die Politik.
Wir dürfen nicht in politische Arbeits-Gruppen.
In unserer Gesellschaft heißt es:
Politik ist Männersache.
Ich mische mich trotzdem ein.
Und das spricht sich herum.

Seit meiner Rückkehr wohne ich
im *Burlington Hotel* in London.
Ich habe mir dort eine kleine Wohnung gemietet.
Und jeden Tag gehen Politiker bei mir ein und aus.
Wenn ich nicht in ihre Arbeits-Runden darf,
dann müssen sie eben zu mir kommen.
Ich bin zu einer wichtigen Beraterin
für sie geworden.

Ausgerechnet jetzt ziehen Mutter und Parthe
auch in das *Burlington Hotel* ein.
Sie wollen von meiner Bekanntheit profitieren.
Es ist, als ob alte Probleme wieder neu aufleben.
Wenn ich unten im Saal des Hotels arbeiten will,
geben Mutter und Parthe dort Empfänge.
Nichts beschäftigt sie mehr,
als den Raum für die Gäste zu schmücken.
Wie können zwei gesunde Menschen
damit glücklich sein, Blumen in Vasen zu stecken?

Gibt es denn nichts Wichtigeres
auf dieser Welt zu tun?

Seitdem ich das Krim-Fieber hatte,
geht es mir oft sehr schlecht.
Ich habe starke Schmerzen.
Und manchmal bin ich so schwach, dass ich nicht
aufstehen oder nicht mehr laufen kann.
Tagelang muss ich dann im Bett liegen.
Die Folgen von der Krankheit werden mich
wohl nie verlassen.

Aber noch schlimmer ist es, wenn Mutter
und Parthe mich von der Arbeit abhalten.
Manchmal geht es mir gesundheitlich so schlecht,
dass sie mich wenigstens dann in Ruhe lassen.

Dann schreibe ich meine Bücher.
Dann berate ich Militär-Politiker aus aller Welt.
Immer geht es um bessere Bedingungen
für Soldaten im Krieg.
Aber schließlich schreibe ich auch
gegen den Krieg selbst.
Warum überhaupt brauchen wir Kriege?

Meine Texte schicke ich
an einflussreiche Politiker und Journalisten.
Wenn ich schon nicht in der Politik zu Wort

kommen darf, dann sollen sie in meinem Sinne
sprechen und schreiben.
Sie sollen dafür sorgen,
dass meine Forderungen umgesetzt werden:
Es muss nicht nur das Gesundheits-System
beim Militär geändert werden.
Nein, das gesamte Gesundheits-System
muss verbessert werden.
Die Krankenhäuser, die Pflege,
alles muss reformiert werden.

Endlich erscheint 1860 eins meiner
wichtigsten Bücher:
Bemerkungen zur Kranken-Pflege.
Als erste Frau überhaupt habe ich
ein Lehr-Buch zur Kranken-Pflege verfasst.
Das Buch wird in viele Sprachen übersetzt
und in der ganzen Welt diskutiert.
Ich könnte stolz auf mich sein.
Aber ich bin viel zu ruhelos.
Es gibt noch so viel zu tun.

Ruhelos

Ich schreibe eine Veröffentlichung nach der anderen.
Ich schreibe über alle Themen, die mir wichtig sind:
Wie muss ein Krankenhaus gebaut werden,
damit man gut pflegen kann?
Wie kann man die öffentliche Fürsorge
für Arme verbessern?
Was muss alles im Gesundheits-System
verändert werden?
Was müssen Kranken-Pflegerinnen
in ihrer Ausbildung lernen?

Aber ich schreibe auch über Gott und die Welt
und den Menschen.
Ich schreibe über die Familie in England
und über die Unterdrückung der Frauen.
Am liebsten will ich die Welt
von heute auf morgen verändern.

Zum Glück gibt es so viele Spenden,
dass die *Florence-Nightingale-Stiftung*
gegründet werden kann.
Mit dem Geld aus der Stiftung
kann ich richtig loslegen:
Ich sorge dafür, dass an einem Londoner
Krankenhaus eine Kranken-Pflege-Schule
eingerichtet wird.

Frauen aus reichen Familien bezahlen
die Ausbildung an dieser Schule selbst.
Frauen aus armen Familien bekommen
von uns Unterkunft, Essen und
Geld für ihren Lebens-Unterhalt.
Und sie bekommen auch Unterricht
in Lesen und Schreiben,
damit sie die Ausbildung zur Pflegerin schaffen.
An einem anderen Londoner Krankenhaus
lasse ich eine Schule für Hebammen einrichten.
Überall entstehen nach und nach
Ausbildungs-Schulen nach unserem Vorbild.

Zu meinem 45. Geburtstag erlebe ich
eine besondere Überraschung:
Der Welt-Bund der Krankenschwestern
und Krankenpfleger ruft den 12. Mai
zum Tag der Krankenpflege aus.
Jedes Jahr soll nun dieser Tag
am 12. Mai gefeiert werden.
Sie nennen ihn auch den Florence-Nightingale-Tag.
Was für eine Ehre!
Ich könnte stolz darauf sein.
Aber ich bin ruhelos.
Mir geht alles zu langsam voran.

Benjamin

Ich ziehe ständig innerhalb von London um.
Ich miete ein Haus, wohne eine Zeitlang dort,
dann ziehe ich wieder um.

Eines Tages sagt Vater zu mir:
„Du musst zur Ruhe kommen, Florence.
Du musst an einem Ort in Ruhe leben und arbeiten.
Das ständige Umziehen macht dich
auf Dauer krank.
Und außerdem kostet es viel Geld."

Seitdem wohne ich in einem schönen Haus
in der Nähe eines Parks.
Vater bezahlt die Miete.
Er will nicht, dass ich mir Geld-Sorgen machen muss.
Aber vor allem will er, dass ich mich schone.

Nicht weit von meinem neuen Zuhause entfernt
wohnt Parthe mit ihrer Familie.
Sie hat inzwischen geheiratet.
Und sie schreibt Romane.
Seitdem verstehen wir uns viel besser.
Parthe ist ausgeglichener durch ihre Familie
und durch ihre Arbeit als Schriftstellerin.
Aber auf keinen Fall darf sie mich
von meiner Arbeit abhalten.

Deshalb darf sie mich nur
zu bestimmten Uhrzeiten besuchen.
Auch Mutter bekommt Besuchs-Zeiten zugeteilt.
Und gleichzeitig gebe ich ihr Aufträge,
was sie mir dann mitbringen soll:
frisches Obst und eine gute Flasche Wein
zum Beispiel.

Seit einiger Zeit habe ich einen sehr guten Freund:
Benjamin Jowett.
Er schimpft manchmal mit mir:
„Du bist zu hart gegen dich selbst, Florence.
Und du bist zu hart gegenüber anderen.
Auch gegenüber deiner Mutter und Parthe.
Du forderst zu viel, Florence. Auch in deiner Arbeit.
Du kannst die Welt nicht von einem Tag
auf den anderen verändern.
Freu dich doch einfach mal über das,
was du schon alles erreicht hast.“

Benjamin ist der einzige Mensch,
der so ehrlich mit mir reden darf.
In meinem Tagebuch nenne ich ihn meinen Liebling.
Benjamin wollte mich heiraten.
Ich habe nicht eingewilligt.
Trotzdem sind wir enge Freunde geblieben.

Zurück nach *Embley Park*

Nun muss ich dahin zurück,
wohin ich nie wieder gehen wollte:
auf das Anwesen *Embley Park*.
Unsere alte Haushälterin ist gestorben.
Meine Eltern sind auch alt,
und sie kommen nicht mehr alleine zurecht.
Ich kann sie unmöglich im Stich lassen.
Auch wenn es mir gar nicht gefällt,
meine Arbeit ruhen zu lassen.

In kurzer Zeit passiert dann
eine schlimme Sache nach der anderen:
Vater stürzt die Treppe hinunter.
Seine Verletzungen sind so schwer,
dass er daran stirbt.
Vaters Schwester, meine Tante Mae,
erbt beide Anwesen:
Embley Park und *Lea Hurst*.
Tante Mae lässt Mutter und mich zum Glück
auf *Lea Hurst* wohnen.
Denn Mutter geht es gar nicht gut.
Sie ist geistig verwirrt.
Sie kann sich oft nicht erinnern,
was sie gemacht hat.
Sie wirft Namen und Erlebnisse durcheinander.
Und dazu ist sie auch noch fast blind.

Mutter tut mir sehr leid.
Zum ersten Mal in meinem Leben empfinde ich
warme Gefühle für sie.

Kurz vor meinem 60. Geburtstag schläft Mutter
für immer ein.
92 Jahre alt ist sie geworden.
Ich bin froh, dass wir im Frieden
auseinandergegangen sind.
Ein großes Ereignis hat sie leider
nicht mehr mitbekommen:
Königin Victoria hat mich für meine Arbeit
mit dem Königlichen Roten Kreuz ausgezeichnet.
Wie gerne wäre Mutter wohl dabei gewesen …

Ich mache mir immer noch nichts
aus Auszeichnungen und Ehrungen.
Aber sie sind wichtig, weil dadurch mehr Menschen
von meiner Arbeit erfahren.
Und ich muss und werde weiter
für meine Ziele kämpfen.
In der Zeit, die mir verbleibt,
werde ich weiterarbeiten.
Aber die Zeit, sie wird immer weniger.
Parthe leidet seit einigen Jahren an Rheuma.
Ihre Knochen und Muskeln sind entzündet.
Sie hat Schmerzen, und sie wird immer
krummer und kleiner.

Jetzt ist auch noch eine Krebs-Erkrankung
dazugekommen.

Ich pflege Parthe, so gut ich kann.
Nie würde ich sie alleine lassen mit ihrem Leid.
Parthe kann sich kaum noch bewegen.

Eines Tages wird sie von all ihren Leiden erlöst.
Aber was für ein Tag ist das!
Parthe stirbt am 12. Mai 1890.
Meine Schwester stirbt an meinem 70. Geburtstag.

Abschied

Alle sind inzwischen gegangen.
Meine engste Familie gibt es nicht mehr.
Die Anwesen *Lea Hurst* und *Embley Park* sind
nicht mehr in Familien-Besitz.
Viele meiner Freunde sind gestorben.
Sydney Herbert ist schon lange tot.
Meine geliebte Tante Mae lebt nicht mehr.
Und mein liebster Freund, Benjamin,
ist auch verstorben.

Ich lebe zurückgezogen in meinem Haus am Park.
Ich habe ein paar Bedienstete, die mir helfen.
Meine Zimmer sind groß und hell.
Ich brauche das Licht.
Um mich herum sind meine vielen Katzen.
Sie springen in den Räumen umher.
Ihre Nähe und Lebendigkeit trösten mich.

Ich muss oft im Bett liegen bleiben.
Die Folgen vom Krim-Fieber machen mir
das Leben schwer.
Und trotzdem: Ich höre nicht auf zu arbeiten.
Ich schreibe und schreibe und schreibe.
Ich will nicht, dass Pflegerinnen
als helfende Engel bezeichnet werden.
Pflege ist ein solider Beruf.

Pflege ist Arbeit nach klaren Regeln.
Und die Qualität der Arbeit ist überprüfbar.
Mit Kirche und Engeln hat das nichts zu tun.

Ich habe auch noch ein neues Vorhaben:
Wir müssen Pflegerinnen
zu Gesundheits-Beraterinnen ausbilden.
Warum wartet unser Gesundheits-System
immer so lange, bis ein Mensch krank wird?
Vorbeugen müssen wir!
Aufklären, damit jemand gar nicht erst krank wird.
Gesundheits-Beraterinnen müssen
den einfachen Leuten erklären,
wie sie gesünder leben können.
Krankenpflege und Vorbeugung von Krankheit,
beides gehört zu einem guten Gesundheits-System.
Es gibt noch so viel zu tun.
Mir geht alles zu langsam.
Und die Zeit, sie rennt mir davon.

Mein Kopf schmerzt furchtbar.
Ich will schreiben, aber ich kann plötzlich
den Stift nicht mehr halten.
Die Fenster stehen weit offen.
Es ist doch erst Mittag,
Aber warum ist es um mich herum so dunkel?
Ich will nach dem Dienst-Mädchen rufen.
Aber ich bringe keinen Ton heraus.

Ich will sprechen, aber ich kann es nicht.
Ich denke angestrengt nach.
Ich hatte doch vorhin eine gute Idee.
Ich wollte doch etwas Wichtiges aufschreiben.
Habe ich meinen eigenen Gedanken vergessen?
Warum ist es so dunkel in mir?
Warum ist es so dunkel um mich herum?
Obwohl es doch erst Mittag ist.

Ich kann nicht mehr sehen.
Ich kann nicht mehr lesen und schreiben.
Wie soll ich jetzt noch arbeiten?
Ich will diesen Abschied vom Leben noch nicht.
Ich bin 90 Jahre alt.
Es gibt noch so viel zu tun.

Ein paar Minuten später habe ich
mein Alter vergessen.
Ich kann mich auch an die anderen Gedanken
nicht mehr erinnern.

Eines Tages fallen mir die Worte
von Benjamin wieder ein:
„Freu dich an dem,
was du schon alles erreicht hast."

Aber ich weiß nicht,
was er damit gemeint hat.

Ich kann mich an nichts erinnern.
Ich kann nicht mehr denken.

Ich streichele nur noch die Katzen,
die auf meinem Bauch liegen.
Nur sie wissen,
dass ich bald einschlafen werde.

Florence Nightingale

Über Florence Nightingale

Ihr Leben in Kürze

Florence Nightingale wurde am 12. Mai 1820
in Florenz geboren.
Ihre Eltern machten zu der Zeit von England aus
eine lange Europa-Reise.
Während dieser Reise wurde auch
die ein Jahr ältere Schwester Parthe geboren.
Die beiden Schwestern wuchsen in England auf.
Dort regierte Königin Victoria.
Die Zeit ihrer Regierung nennt man
das Viktorianische Zeit-Alter (1837–1901).

Zu der Zeit hatten Frauen nur wenige Rechte.
Florence und Parthe erhielten zwar
eine sehr gute Bildung.
Denn ihre Eltern waren wohlhabend
und legten sehr viel Wert auf Bildung.
Aber die Zukunft einer Frau
aus reichem Hause war festgelegt:
Sie sollte heiraten und eine gute
Ehefrau und Mutter werden.
Arbeiten oder Studieren kam nicht infrage.

Doch Florence wollte unbedingt
Krankenpflegerin werden.
Die Familie war darüber entsetzt.

Denn Pflegerinnen waren sehr schlecht angesehen.
Und in den Krankenhäusern waren überall
Dreck und Ratten.

Durch Reisen nach Europa lernte Florence
ganz andere Krankenhäuser kennen.
Freunde machten ihr Mut,
Krankenpflegerin zu werden.

Im Jahr 1850 ermöglichte ihr das Ehepaar Bracebridge
einen Besuch in Kaiserswerth.
Dort konnte Florence in der Diakonissen-Anstalt
in der Pflege mitarbeiten.
Im Jahr 1851 arbeitete sie dort sogar
drei Monate lang.

Es gab sehr viele Konflikte
zwischen Florence und ihrer Familie.
Denn die Familie wollte nicht,
dass Florence in der Pflege arbeitet.

Aber 1853 übernahm Florence trotzdem
die Leitung eines Pflege-Heims in London.
Im selben Jahr brach der Krim-Krieg
in der Türkei aus (1853–1856).
Auch englische Soldaten kämpften dort.
Für die verletzten Soldaten gab es
so gut wie keine Versorgung.

Deshalb bekam Florence 1854
einen wichtigen Auftrag der Regierung:
Sie sollte mit rund 40 Pflegerinnen
ein ordentliches Lazarett in Skutari aufbauen.

Florence erlebte sehr viel Widerstand
gegen ihre Arbeit.
Die Ärzte wollten nicht mit ihr zusammenarbeiten.
Krieg wurde damals
als reine Männer-Sache angesehen.
Aber Florence gab nicht auf.
Sie führte ein völlig neues Konzept der Pflege ein.
Dadurch starben immer weniger Soldaten.
Anfang des Jahres 1855 erkrankte Florence
schwer am Krim-Fieber.

Florence Nightingale in Skutari

Im selben Jahr ging der Krieg zu Ende.
Nach ihrer Rückkehr nach England
wurde Florence jubelnd gefeiert.

In den nächsten Jahren schrieb sie
zahlreiche Artikel über Pflege.
Ihr Buch *Anmerkungen zur Krankenpflege* (1860)
wird bis heute noch neu aufgelegt.
Florence entwickelte ihr Pflege-Konzept
immer weiter.
Dafür erhielt sie hohe Auszeichnungen,
auch von der Königin.
Florence wurde zu einer wichtigen Beraterin
im Gesundheits-System.

Ihre Arbeit wurde und wird weltweit geschätzt.
Am 12. Mai 1865 wurde ihr zu Ehren zum ersten Mal
der „Tag der Krankenpflege" ausgerufen.
Jedes Jahr wird seitdem am 12. Mai
an Florence Nightingale erinnert.
Denn durch ihre Arbeit ist die moderne
Kranken-Pflege erst möglich geworden.

Am 13. August 1910 starb Florence Nightingale
alleine und krank in ihrem Haus in London.

Wörter-Liste

Seite 7: gute Partie
eine Person, die sehr reich ist

Seite 7: Vermögen
Geld, Häuser, Grundstücke oder andere wertvolle Dinge, die jemand besitzt

Seite 7: Parthenope
Frances Parthenope Verney,
geborene Nightingale (1819–1890);
ein Jahr ältere Schwester von Florence Nightingale.
Parthenope ist der griechische Name von Neapel, wo Parthenope auf einer Italien-Reise der Eltern geboren wurde. Sie arbeitet in späteren Jahren ihres Lebens als Schriftstellerin.

Seite 10: Anwesen
großes Grundstück mit vornehmen Gebäuden

Seite 10: Embley Park
Haupt-Wohnsitz der Familie Nightingale in der Nähe der Süd-Küste von England

Seite 10: Lea Hurst
Wohnsitz der Familie Nightingale in einer ländlichen Gegend, weit nördlich von London

Seite 11: Völker-Wanderung
In der Geschichte der Menschheit haben viele Völker ihre Heimat-Länder verlassen und sind in die Welt gezogen, um woanders zu leben und zu arbeiten.

Seite 13: Neapel
Großstadt in Süd-Italien

Seite 13: Florenz
italienische Großstadt in der Toskana, nördlich von Rom

Seite 14: Gouvernante
Erzieherin

Seite 14: Philosophie
Wissenschaft, die die Welt und das (menschliche) Leben erforscht und zu erklären versucht

Seite 15: Salon
großes Zimmer zum Empfang vieler Gäste

Seite 16: Schicht
gesellschaftliche Gruppe, zu der man gehört, weil man bestimmte Merkmale dieser Gruppen hat. Man unterscheidet grob drei Schichten: Unterschicht, Mittelschicht und Oberschicht.

Die Merkmale für die Gruppen-Zugehörigkeit sind Geld, Arbeit und Bildung.
Menschen mit wenig Einkommen, einfacher Arbeit und geringer Bildung gehören zur Unterschicht.
Menschen mit hohem Einkommen und hoher Bildung (zum Beispiel einem Studien-Abschluss) gehören zur Oberschicht.
Dazwischen liegt die Mittelschicht.
Zur Mittelschicht gehören zum Beispiel selbstständige Handwerker, Ärzte, kleine Unternehmer. Die Einteilung in nur drei Schichten ist heute nicht mehr ausreichend.

Seite 16: kleine Leute
Menschen, die der Unterschicht zugerechnet werden (siehe Schicht); arme Menschen ohne ausreichendes Einkommen und mit nur geringer Bildung

Seite 16: aus gutem Hause
aus gebildetem, reichem Elternhaus

Seite 17: wohlhabend
sehr reich

Seite 20: Gespött
Jemand wird ausgelacht. Andere amüsieren sich auf Kosten einer Person.

Seite 20: Ruf
Was andere von einer Person halten und über sie denken, spricht sich herum, zum Beispiel am Arbeits-Platz oder in der Nachbarschaft.

Seite 23: Lumpen
alte, zerrissene Kleidung

Seite 23: Gosse
Rinne zwischen Bürger-Steig und Straße. Früher wurden in dieser Rinne Abfälle und Toiletten-Reste entsorgt.

Seite 23: Riech-Flasche
Kleine Flasche mit Riech-Salz. Riech-Flaschen wurden früher bei Ohnmachten unter die Nase gehalten, um die Atmung zu verstärken.
Englisches Riech-Salz war parfümiert,
damit es besser wirkt.

Seite 23: Miss
englische Anrede für eine unverheiratete Frau

Seite 29: Ärmel-Kanal
Der Ärmel-Kanal ist eine enge Stelle im Atlantischen Ozean. Sie trennt England von Frankreich.
Der Ärmel-Kanal heißt so, weil er auf der Landkarte aussieht wie ein Ärmel.

Seite 30: Tanz-Ball
großes Tanz-Fest

Seite 32: Kathedrale
sehr große Kirche

Seite 32: Nizza
französische Hafenstadt am Mittelmeer; im 19. Jahrhundert beliebter Ferien-Ort für die europäische Oberschicht

Seite 33: Freiheits-Bewegung
Gruppen, die sich für mehr Freiheit und für bessere Lebens-Bedingungen von benachteiligten Menschen einsetzen

Seite 33: Ausbeutung
Menschen arbeiten unter sehr harten Arbeits-Bedingungen. Sie werden dafür aber gar nicht oder nur schlecht bezahlt. Dadurch werden andere reich. Das nennt man Ausbeutung.

Seite 34: Mary Clarke
Mary Elizabeth Mohl, geborene Clarke (1793–1883); englische Schriftstellerin, die sich für die Rechte der Frau einsetzte; frei und unabhängig denkende Frau, die in Paris gesellschaftlich wichtige Empfänge gab; bekannt unter ihrem Spitznamen Clarkey

Seite 35: aus der Seele sprechen
Jemand sagt genau das, was man selber fühlt.

Seite 36: in ein tiefes Loch fallen
nicht mehr wissen, wie es weitergehen soll; sich völlig hilflos fühlen

Seite 37: Mathematik
Wissenschaft vom Rechnen und von den Zahlen

Seite 38: Cousin
Sohn der eigenen Tante oder des eigenen Onkels

Seite 39: Militär
Soldaten; Streit-Kräfte; Einrichtungen und Personen, die ein Land verteidigen oder Kriege führen

Seite 39: Schande
sehr negative Bewertung einer Person oder einer Tat durch andere

Seite 40: Weber
Handwerker, der aus Garn Stoffe an einem Web-Stuhl herstellt. Durch die Entwicklung von Maschinen und Fabriken verloren im 19.Jahrhundert viele Weber ihren Beruf. Sie wurden arbeitslos und verarmten. In vielen Orten kam es deshalb zu Aufständen und Unruhen.

Seite 43: Herr von Bunsen
Christian Karl Josias von Bunsen (1791–1860); führte politische Verhandlungen in London.

Seite 43: Diplomat
Eine Person, die sehr geschickt und mit viel Wissen politische Verhandlungen führt. Durch diplomatische Gespräche sollen Konflikte verhindert und verschiedene Interessen miteinander verbunden werden.

Seite 43: Preußen
Bis 1871 bestand Deutschland aus vielen Staaten. Preußen war der größte Staat. 1871 schlossen sich diese Staaten unter Führung Preußens zum Deutschen Reich zusammen. Der preußische König wurde Kaiser von Deutschland.

Seite 44: Kaiserswerth
Heute: Stadt-Teil der Großstadt Düsseldorf im Bundesland Nordrhein-Westfalen. Zurzeit von Florence Nightingale war Kaiserswerth eine eigenständige kleine Stadt am Rhein.

Seite 44: Pastor Fliedner
Georg Heinrich Theodor Fliedner (1800–1864); evangelischer Pastor, der die Pflege-Einrichtungen in Kaiserswerth gegründet hat. Zusammen mit

seiner ersten Frau (Friederike) und mit seiner zweiten Frau (Caroline) hat er die Ausbildung für evangelische Pflegerinnen aufgebaut und modernisiert.

Seite 45: Diakonisse
Frau, die der evangelischen Kirche angehört und ihr Leben in den Dienst für andere Menschen stellt. Sie verzichtet auf eigene Heirat und auf die Gründung einer eigenen Familie sowie auf eigenen Reichtum.

Seite 46: Hingabe
etwas mit sehr viel Liebe tun

Seite 49: zu Füßen liegen
eine Person sehr verehren; jemanden sehr lieben

Seite 49: Richard Milnes
Richard Monckton Milnes (1809–1885); englischer Dichter, Schriftsteller und Politiker

Seite 51: Tuberkulose
schwere ansteckende Lungen-Krankheit

Seite 51: Selina und Charles (Ehepaar)
Selina Bracebridge, geborene Mills (1800–1874), Künstlerin und Reise-Schriftstellerin

Charles Holt Bracebridge (1799–1872), Künstler und Weltreisender

Seite 53: Elizabeth und Sidney (Ehepaar)
Elizabeth Herbert, geborene Mary Elizabeth Ashe à Court (1822–1911), Wohltäterin
Sidney Herbert (1810–1861), englischer Politiker

Seite 53: Hospital
Kranken-Anstalt; Krankenhaus

Seite 53: katholisch
Die römisch-katholische Kirche ist eine der größten christlichen Welt-Religionen.

Seite 53: Nonne
Frau, die in einer religiösen Gemeinschaft lebt; meistens in einem Kloster

Seite 57: politische Unruhen
hier: die deutsche Revolution von 1848/49, Aufstände im Volk gegen Armut und Ungerechtigkeit

Seite 58: Athena
Athen ist die Hauptstadt von Griechenland. Athen bekam seinen Namen von der griechischen Göttin Athene. Ihr Lieblings-Vogel war die Eule. Deshalb nennt Florence Nightingale ihre Eule Athena.

Seite 61: Das Rauhe Haus
Das Rauhe Haus wurde 1833 von Johann Hinrich Wichern (1808–1881) als kleines Dorf für auffällige und arme Hamburger Kinder gegründet. Dort lebten die Kinder in Wohn-Gruppen wie in einer Familie zusammen. Sie gingen in die Schule und wurden auf eine Lehre in einem Handwerk oder auf eine Tätigkeit als Dienst-Mädchen vorbereitet. Das Rauhe Haus gibt es noch heute.

Seite 62: Institut
Einrichtung; Amt oder Behörde; Heim; Anstalt

Seite 63: Broschüre
dünnes Buch

Seite 64: anonym
ohne Angabe des Namens

Seite 64: Lumpen-Schule
Schule für Arme

Seite 66: mit den Nerven fertig
sehr erschöpft; kraftlos; hilflos

Seite 66: Kur
Heil-Aufenthalt in einer Klinik, um wieder zu Kräften zu kommen

Seite 66: Karlsbad
berühmter Kur-Ort in Tschechien

Seite 73: Türkei
Zu Zeiten von Florence Nightingale hieß die Türkei noch Osmanisches Reich.

Seite 73: Krim-Krieg (1853–1856)
Die Krim ist eine Halb-Insel im Schwarzen Meer. Die Krim gehörte zum Osmanischen Reich, der heutigen Türkei. Russland wollte die Krim für sich haben. Dadurch kam es zum Krieg. Unter anderem verbündeten sich Frankreich und England mit den Türken gegen Russland.
Über die Krim führten wichtige Handels-Wege für diese beiden europäischen Länder. Diese Handels-Wege wollten sie sich nicht von Russland abschneiden lassen.

Seite 74: Times
eine Zeitung in England

Seite 74: Lazarett
Krankenhaus oder Kranken-Station beim Militär

Seite 74: Seuche
schwere, ansteckende Krankheit, die sich schnell ausbreitet

Seite 75: Skutari
türkische Klein-Stadt; heute Stadt-Teil von Istanbul (Üsküdar)

Seite 76: Kaserne
Gebäude für das Militär

Seite 77: Sanitäter
Kranken-Pfleger beim Militär

Seite 78: Balaklawa
Hafenstadt auf der Krim; heute Stadtteil von Sewastopol. Hier fand 1855 während des Krim-Krieges eine große Schlacht statt.

Seite 78: Cholera
ansteckende Krankheit mit starkem Durchfall und Erbrechen, verursacht durch unreines Trinkwasser

Seite 79: Latrine
große Klo-Anlage für Soldaten

Seite 83: desinfizieren
keimfrei machen

Seite 84: Hygiene
Regeln, um die Gesundheit der Menschen zu

erhalten und zu verbessern und um ansteckende Krankheiten zu vermeiden und zu bekämpfen

Seite 86: moralisch
hier: ehrlich; aufrichtig; tadellos

Seite 92: Krim-Fieber
ansteckende Krankheit

Seite 95: Stiftung
Wohltätigkeits-Einrichtung, die Geld für einen bestimmten guten Zweck sammelt

Seite 98: Reform
Erneuerung; Modernisierung

Seite 99: vitaminreich
Vitamine sind Stoffe, die ein gesunder Körper braucht. Vitamin C schützt zum Beispiel vor Erkältungs-Krankheiten. Obst und Gemüse enthalten viele von diesen Stoffen. Sie sind vitaminreich.

Seite 100: Siegel
Briefe wurden früher mit Wachs verschlossen. In das warme Wachs wurde das Erkennungs-Zeichen des Absenders mit einem Stempel oder mit einem Siegel-Ring eingedrückt. So war sicher, dass der

Brief noch nicht geöffnet wurde. Siegel auf Schrift-Stücken weisen nach, dass es sich um ein echtes Schreiben des Absenders handelt.

Seite 101: Königlich Statistische Gesellschaft
Gemeinschaft in England, in der Wissenschaftler aus unterschiedlichen Sach-Gebieten zusammenarbeiten. Florence Nightingale wurde 1858 als erste Frau in diese Gesellschaft aufgenommen.

Seite 102: profitieren
einen Vorteil oder Gewinn von einer Sache haben

Seite 103: Journalist
jemand, der Artikel für Zeitungen schreibt

Seite 104: Bemerkungen zur Krankenpflege (1860)
Titel eines der wichtigsten Bücher von Florence Nightingale; auf Englisch: *Notes on Nursing*.
Das Buch ist ein Lehr-Buch zur Ausbildung von Krankenpflegern. Bis in die heutige Zeit wird es immer wieder neu aufgelegt. Mit dem Buch und ihren anderen Schriften hat Florence Nightingale die moderne Krankenpflege begründet. Sie hat darin auch wichtige Grundsätze notiert, die der Schweizer Jean-Henri Dunant (1828–1910)

für die Arbeit des Internationalen Roten Kreuzes berücksichtigt hat. Dunant war ein großer Bewunderer von Florence Nightingale und ihrer Arbeit. Seit 1912 zeichnet das Internationale Rote Kreuz Personen mit herausragenden Leistungen in der Pflege mit der Florence-Nightingale-Medaille aus.

Seite 106: Hebamme
Pflegerin, die Frauen vor, während und nach der Geburt eines Kindes betreut

Seite 106: Bund
Vereinigung; Zusammen-Schluss von Personen

Seite 108: Benjamin Jowett (1817–1893)
englischer Religions-Wissenschaftler, Autor und Übersetzer

Seite 109: im Stich lassen
jemanden in seiner Not alleine lassen; sich nicht kümmern

Seite 110: Königliches Rotes Kreuz
höchste Auszeichnung in England für hervorragende Leistungen in der Kranken-Pflege vor allem auch beim Militär. Königin Victoria zeichnete Florence Nightingale 1883 als erste

Person überhaupt mit dem Königlichen Roten Kreuz aus.
Englisch: *Royal Red Cross.*

Seite 110: Rheuma
Krankheit, bei der Knochen oder Gewebe dauerhaft entzündet sind

Literatur-Hinweis:

Folgende Bücher haben wichtige Anregungen für diesen Roman gegeben:

Bohn, Nicolette (2020):
Florence Nightingale. Nur Taten verändern die Welt.
Verlagsgruppe Patmos, Ostfildern

Herold-Schmidt, Hedwig (2020):
Florence Nightingale. Die Frau hinter der Legende.
Wissenschaftliche Buchgesellschaft, Darmstadt

Troeger, Brigitte (2010, 3. Auflage 2017):
Florence Nightingale. Der Engel der Verlassenen.
Brunnen Verlag, Gießen